•青鸟文库•

行到船停处

船泊まりまで

[日] 片山恭一 著 侯为 译

行到船停处

船泊まりまで

[日] 片山恭一 著
侯为 译

青岛出版社

译者序

会不会生娃?这话问得似乎有些奇怪,但在男婚女嫁(甚至刚开始谈恋爱)时确实必须严肃认真地考虑并查清这个问题,否则在要娃时就可能陷入尴尬境地。例如本篇中的男主人公俊一,由于他患有不育症,所以在女方娘家人的干涉下被离婚了。女方家这样做当然顺理成章,不能求全责备。

以我们中国的传统观念来看,"不孝有三,无后为大"(虽说某些人对此处的"后"字有异议,但生养后代毕竟也是长辈的期盼)。会不会生娃?本来结婚的男女双方应各担一半责任,但历史上曾因不孕不育发生过无数不幸的悲剧。尽管因俊一不育要求离婚的是女方家,但作为一个男人,俊一的精神压力可想而知。

就在沮丧郁闷的俊一决心放弃再婚时,却每晚都会隐约听到隔壁单身女子的神秘哭声。俊一在产生恻隐之心的同时,又燃起了对异性的追求欲望。其实俊一能过性生活,可就是不能让妻子受孕。他与那位邻居冴子一来二去后结了婚,而且冴子怀了孕!她怀的是妹妹和妹夫的结晶!

"没有生孩子的女人尚未成熟,而且从人格上讲还不能算作完整的成年人——这种世间常识也形成了无言的压力折磨着阿泉……失去子宫所带来的丧失感与身体变得不能生育所带来的残缺感,渐渐地蛀蚀了她的心灵。"(摘自《行到船停处》)冴子的妹妹阿泉因癌症切除了子宫不能孕育,与丈夫一起找姐姐姐夫求助。于是,冴子和俊一同意为妹妹妹夫代孕代产。这当然不是容易的事,需要非凡的决心、相当的财力,还必须前往政策法律较为宽松的外国接受手术……

冴子虽然顺利地怀了孕,但在去做孕检候诊时看到杂志上描述的孕产妇状态,又在妹妹来访时看到她不会因怀孕改变的苗条体形,于是心态开始发生变化……生性敏感的冴子开始出现异常行动,同时把丈夫俊一折腾得身心俱疲,甚至产生某种"不良居心"。终于,冴子流产了……

"自古以来,孩子曾是从超越人类智慧的遥远空间带来的恩惠,而现在却必须通过挑战和开发肉体才能得到。这是人类持续对大自然施加的经济性行为。其结果,未被开发的大自然已从地球上消失了踪影,甚至连子宫都失去了自然性。那里已不是连接未来和宇宙的神秘空间,而是成为由人类的知识和欲望操控的一个经济领域。在冴子的子宫内,安装了资本主义的野蛮。在抗拒这种野蛮的过程中,她的疯癫也许正是健全的精神状态。"(摘自《行到船停处》)

怀孕和分娩总会给孕产妇带来巨大的精神及身体的痛苦乃至生命危险,对于冴子来说,承受这些代价和牺牲却都是为了别人(虽然是自己的妹妹)。而妹妹阿泉先前已失去子宫,现在又失去了由姐姐代孕的孩子,将来还可能失去老公,应该说遭遇也很不幸。

作者依然以其擅长的经济学眼光和细腻深刻的手法描述了男女主人公在当代日本社会的特殊处境,其多部作品(从《在世界的中心呼唤爱》到《向世界倾诉爱》等)都深入地探讨爱与死的主题,而这部作品中出现的死者之一是个腹中胎儿。那个女孩未能来到人世间,只能在被下葬时得到戒名。可以说她也是因生儿育女问题产生各种纠葛所造成的牺牲者。

我们看到许多所谓现代经济发达国家却率先进入少子高龄化社会!有些生育功能正常的人却不愿意生娃,构成"丁克"家庭。而那些患有不孕不育症的人想生娃却难以实现愿望,还有很多不幸的失独家庭在承受着难以消解的痛苦……

具体说到分娩方式也是多种多样,某些人为了自己所谓"趋利避害"的目的,选择有违自然法则的方式,却未必能达到十全十美的结果,反而会带来更多问题。

所幸本作品中的冴子身体恢复得还算顺利,但这对夫妻的身心却因此受到严重折磨和巨大打击,已不愿在这种环境中继续生活下去而选择离开。这种开发过度的空间确实已不适合居住,或者说生活质量大大下降。众所周知,其原因就是人口过密带来的生态环境恶化、交通住房等资源紧张、生活成本太高、精神压力过重……与作者另几部作品的结尾相仿,这部小说中的男女主人公面对拼死拼活奋斗却未能改变处境的现实,选择放弃并回归遥远的海岛故乡——行到船停处。

本作品中还曾多次出现流浪汉和流浪猫的场景,这也是作者的某种暗喻吗?另有一位因病去死的人物名叫松尾,是俊一的合作伙伴。俊一常常想象"他坐在病房椅子上通往最后一刻的姿态,像剪影般清晰地浮现在渐渐发白的窗户背景中。他是不是确曾处于某种与其相类似的谋划当中,而且是不是想在无人知晓、无人觉察之际渡往彼岸呢?向着超越了生死境界的彼岸,向着毫不掺杂秽物的纯净彼岸。"

少子化的经济发达国家之船将驶往何处?人口暴增的发展中国家之船将驶往何处?地球人类之船将驶往何处?何处可停船?停船意味着什么……

侯　为

2020年3月于北京

目　录

译者序 / 1

第一章 / 001

第二章 / 023

第三章 / 043

第四章 / 056

第五章 / 071

第六章 / 087

第七章 / 103

第八章 / 116

第九章 / 135

第十章 / 148

第十一章 / 162

第十二章 / 178

第十三章 / 191

第十四章 / 204

第十五章 / 220

第十六章 / 234

第十七章 / 248

第十八章 / 273

第十九章 / 287

第二十章 / 308

第一章

在往来于街道的脚步声中，有一种孤独感稍显突出的足音渐渐走近前来。虽然步调没有丝毫紊乱，却只有它清晰地回响在耳畔。这种与众不同的足音从熙攘杂沓中脱颖而出，具有奇妙的鲜明性，仿佛用铅笔把素描的轮廓再次勾勒了一遍。或许是被这种情境扰乱了距离感，虽然听似近在咫尺，却意外地感到在捕捉到它之后已经过了许久。看来，其实它在相当远的地方就已俘获了听觉。

要来了，要来了——心中一旦产生了这种念头，就愈发感到只有那种足音脱离人潮走近前来，就像被此方吸引过来一般带有令人生畏的率真。那脚步声缩短距离越来越近，到了几乎要侵入家宅的地步时戛然而止。周围被沉寂笼罩，对方似乎在探摸什么。片刻之后，响起了投放硬币的声音、物品落下的声音,然后就是自动售货机内存的录音"多谢惠顾"。当机器完全安静下来时,脚步声已渐行渐远,返回原先的人潮当中去了。

冴子说:"我实在无法摆脱那种外人逼近的紧迫感,总感到有陌生人朝这座房子逼近,眼前甚至会清晰地浮现对方在衣袋中手握硬币的样子,每次听到脚步声都会全身紧绷起来。"

"你如果总是那样的话,身体恐怕要出问题哦。"俊一边准备上班要带的东西,一边说道,"他们的目标不是这座房子而是香烟,对不对?就算是走到你跟前来了,他眼睛盯着的也不是这座房子嘛。"

"那倒也是啊!"冴子怏怏不快地继续诉苦,"不过,我总觉得那些陌生人走过来的样子有些可怕,耸着肩膀、直勾勾地瞪着双眼。我以前就从厨房看到过这种情景,当时真的很害怕。"

"你过于神经质啦!"

"是吗?"

"今天早上报纸报道的老鼠新闻看过了吗?"

冴子默默地摇了摇头。

"有个男人抓住一只在家中到处乱窜的老鼠,然后扔进屋外的火堆。可是浑身着火的老鼠窜回家中,结果把那男人的房子烧了个精光。"

"这跟自动售货机有什么关系呀?"

"我觉得好像有关系啊!"

俊一的语调似乎有点儿不太自信,说完他就走进洗脸间,望着镜子里的自己,做几个搔首弄姿的动作,然后走了出来。

"也就是说,过分介意绝对不是什么好事儿!"他似乎在给刚才说到的那条老鼠新闻下结论,"只因家里有老鼠乱窜这点儿事就怒火冲天,反而会遭到惨痛的报复。这不是很有关系吗?"

"新袜子给你放在那儿了哈!"

俊一坐在起居室的榻榻米上,开始往脚上套崭新的袜子。看到袜子后跟底部的标签还没被拆掉,他便拆下标签并颇感费解似的仔细查看。

"这双袜子的策划设计是佳丽宝公司,销售是福助公司,而且还是中国制造呢!他们到底想把全球化经济搞成什么样子啊？"

"给你盒饭！"

"今天是不是又有什么新名堂呀？"

"这个么……开盒便知，敬请期待啦！"

他接过盒饭包袱装进提包说："咱们今后也要以全球化的观点谋生存啊！"

"这是说的什么话？"

"有道是'昨日依旧、今日依旧'嘛！"

"怎么个意思？"

"岛崎藤村！"

"原来如此！可是，这跟全球化有什么关系呀？"

"这就是说，不要为鸡毛蒜皮的小事儿烦恼，要见好就收、知足常乐地生活。如果都这样做的话，人类就能相安无事地和平共处。"

冴子心不在焉地随声附和，眼睛瞅瞅起居室里的电视机。

"你再磨磨蹭蹭就赶不上电车啦！"

"悠着点儿，糊涂点儿，好吧？"

"我明白啦！"听到丈夫的谆谆嘱咐，冴子笑着回答。

"那我上班去啦！"

俊一打开房门刚刚跨出一步，又像想起什么似的回过头来。

"盒饭不要太讲究了。做得那么富于艺术性，吃了多可惜呀！"

"我喜欢这样做，你别介意，尽管吃好啦！"

"话是这么说……"

"赶快走吧！"

"我走啦！"俊一表情尚未释然地回应道。

丈夫的身影消失不见之后，冴子抬头望着屋檐上方宽广的天空。秋高气爽的蓝天上没有一丝云絮。

自从搬到这里，已经过了快一年了。这座房子是从俊一姑姑夫妻俩那里转租来的。他俩的孩子们都已经自立，以此为契机，夫妻俩决定离开这座多年住惯的闹市出租房，搬到郊外的公寓楼去住。可是，那房东是一位老年寡妇，身边无依无靠，就住在附近一座独楼里过着孤苦伶仃的生活。她苦苦央求姑姑说："事到如今已经不想再去委托房地产商招租陌生的房客了，如果可能的话恳请你们继续租用下去，哪怕不付房租都可以。"而且，这位房主二十年来在姑姑他们提出装修时从未说过一个"不"字。因此，姑姑也想尽量满足房东的希望。于是决定在形式上继续维持在自己的名下租房，并且来找俊一商量此事。

"反正房东今后也未必还能活几十年时间，"姑姑一如既往地用无所顾忌的言辞说服俊一，"听说，房东的儿子们想把她送进养老院或什么地方呢！那样一来，她肯定就会辞退房客了吧！不管怎么说，反正时间长不了啦！而且不用付房租，你们就趁这个机会攒些钱，将来买独楼也好，买公寓房也好，都够首付了。"

两人被姑姑说动了心，于是决定租下这座房子，搬出先前的简易公寓住在这里。他们本来就没有太多的家什，所以一台轻型货车就解决了。因为姑姑两口子郊外新居的家具几乎都是精装自带的，所以这里留下的衣柜和橱柜俊一他们就照单全收了。此前的公寓房本来就是俊一从单身时代起居住的,后来冴子就以寄居的形式住了进来。虽然在办理结婚手续后搬过一次家,但也都是在迫不得已时凑合一下,因此长期以来根本没有购进像样的家具。这座房子里的家具虽说已经老旧,但做工毕竟都很结实,所以实属难能可贵。特别令冴子高兴的是,餐具和衣物都可以宽宽松松地收进柜子里了。

这座房子位于通向私营电铁车站的街道与一条窄巷相交的丁字路口。隔着南侧的街道,长长的水泥预制板围墙里面是一座大型的汽车制造公司的零部件工厂。由于工厂实行每天二十四小时连续作业体制,所以宽阔的厂区在夜间也是灯火通明。在对面那些水银灯的照耀下,房前摆放着三台自动售货机。其中有两台销售香烟,另一台销售茶水和咖啡等饮料。

听说,自动售货机是在姑姑他们刚刚搬来时,相关业者就来协商设置的。他们去找房东商量,房东让他们自己酌情处理,于是就尝试性地在街角处紧紧巴巴地挤进了一台香烟自售机。并且商定，从机器的维护保养到货品补充都由业者负责打理，房客完全不必参与其中。取而代之，由业者向夫妻俩支付若干谢礼，其中还包括对于造成某些影响的精神补偿费。

正如业者所预期的那样，自动售货机的收益相当不错。姑姑不露声色地向前来补充货品的员工打探到自售机的营业额，发现自己得到的那一份少得可怜，便觉得似乎受到了愚弄，并把此事告诉了俊一。当时，姑姑最小的孩子已开始上幼儿园了，她便打算以此为契机开始自己经营。

她先把自售机买下来，并根据货品销售量的走向进行采购。然后，在第一台自售机折旧还款完毕时增购了一台。正赶上后街开始开发新住宅区，街道的通行流量比以前更加频繁，两台自售机给夫妻俩的家计带来了超乎预期的收入。于是，他们又添了第三台自售机经营饮料。可是，这回销售额却与电费等成本收支不符，没有卖香烟的利润高。此外，由于近年来社会趋势有所变化，反映到香烟销售中就是收入急剧减少。不过，即便如此也比出去打零工强得多。

当初转让自售机时姑姑就向冴子说过，她估计按照以前那种结算方式不划算。厂家总是按照他们的方式交货，要想断然拒绝并按照自己的计划进行采购，必须经过斤斤计较的讨价还价，所以相当艰难。于是，姑姑建议他们委托负担相对较少的业者。并且说，只要不怕麻烦，每个月还是能赚些零花钱的。可是，冴子对于这项副业，却表现出了令俊一也始料不及的积极态度。她说："考虑到将来的发展，现在就要趁早做些多少还能赚钱的营生。虽然我不懂怎样跟业者讨价还价、怎样做生意，但很想借此机会学一学，所以希望多多指教。"冴子侃侃而谈，语调中透出强烈的紧迫感。姑姑也干劲十足地说："只要冴子有决心就成。"

女人们商量的结果，决定暂先把自售机转为从业者租赁使用的方式，而补充货品等杂务就由冴子来承担。虽然把机器买下来具有自主进货的便利之处，却由于缴税的缘故不得不把每月的收入和经费详尽地记在账本上，这实在太麻烦了。如果采用租赁使用的方式，经费等用项就都由业者负担，所以只需申报纯收入即可。当然，这样就只能销售由业者所提供的货品了。虽然进货大都偏向于国产香烟，但估计不会有太大的损耗。

如此这般，在冴子的生活中，就开始吹进了与运营自售机相关的经济社会之风。早晚补充货品，每周一次进货，月底支付租金和货款——日复一日，积日为周，月底结账。俊一认为，冴子的视野向外面的世界开放，对她来说倒也未必不是一件好事。

早上起来就给三台自动售货机补充货品，这已成为冴子每天的工作。由于香烟和饮料在夜晚的销售量较大，所以到了早上，有些货品就亮起了售罄的指示灯。如果亮灯的品牌越多，而且亮灯时间越长，她就会感到本应带给家里的收入都流失到了他方，因此总想尽量及时地补充货品。俊一曾多次调侃她太勤劳了，还说至少也得吃过早饭再干活儿。而冴子也有自己的理由：从后街新区出来上班的工薪族几乎都经过门口去车站,其中不少人会在半路买了香烟或咖啡边走边用……冴子简直就像已对他们的习惯细致入微地观察过。

"要是吃完早饭再补货的话,不就把那些顾客的钱放跑了吗?"

"又不是所有的品牌全部售罄,他们还可以买其他牌子的嘛!"俊一的语气似乎并不那么自信。

"自售机又不是只此一家,如果老是缺货的话,人家就去别处买啦!"

冴子这样一说,俊一也就没什么反驳的论据了。他只是附和地说"也许是吧",似乎接受又似乎没有接受,但终归是被妻子的强硬主张压倒了。

因此,冴子起床的时间很早,即使是在节假日也从未超过六点钟。她在天还没亮时就打开自售机的门锁,把缺货全都补齐之后,她就开始准备早饭了。每个工作日的早上,在七点钟叫起俊一之前,她就基本上把丈夫的午餐都做好装盒了。冴子虽然早起,但晚上却未必早睡,总是在起居室里陪着俊一观望那乏味的电视画面,丈夫不说"睡觉吧",

她也不睡。而且常常在俊一进被窝之后,她还要记账或整理发票直到很晚。即使俊一表示担心,她也总是笑着回答:"我经常睡午觉,没事儿的。"从来不认真关注自己的身体健康。于是,俊一为了照顾冴子的睡眠,近来总是尽量早些就寝。

冴子把丈夫送出家门后独自吃早饭,一般都是在八点钟左右。对于冴子来说,这是她终于得以缓口气的时间。但尽管如此,待在家里总还是觉得要做的事情没完没了,例如:清扫房间和洗衣服之类,稍稍做得仔细一点儿转眼就到中午了。有时心血来潮,她就开始考虑俊一所说的"富于艺术性的盒饭"的创意。此前曾经偶然在杂志上看到过相关介绍,她感到极富情趣,于是一发不可收拾。她立刻准备了肠浒苔、鱼松、鳕鱼子、鸡蛋丝等材料,在白米饭上面摆出蒙克画作《呐喊》的图形。近来,她对这些玩意儿已经有些上瘾了。

冴子用昨晚剩下的饭菜简单地对付了午餐,正在打毛活儿时妹妹阿泉来了。

"身体怎么样啦?"阿泉在狭小的门厅里一边

脱鞋，一边关注地询问姐姐的健康状况。

"目前还没有什么妊娠反应，我这个孕妇当得挺轻松啊！"

冴子给妹妹递去坐垫，随即打开了阿泉带来的点心盒。

"我觉得口味清淡的点心适合你吃……"

点心盒里装的是果汁冰激凌。

"谢谢啦！你不用这么费心嘛！你也吃点儿吗？"

冴子去厨房拿来一只小勺。

"姐姐不吃吗？"

"我不吃。"

阿泉拖长声音说："不客气啦。"然后挖了一勺猕猴桃冰激凌。

"今天不上班吗？"

"到了这个季节，我就把暑假分开调休。"阿泉把臂肘支在餐桌上，用勺尖轻轻地戳着冰激凌。

"挺忙的嘛！"

"因为有些女性对新颜色口红能改变人生深信不疑，所以我们就得向她们推销高档化妆品。她们一边描眼影,一边说:'这样就能使美眸变得更加神秘莫测。'其实根本就不搭调!"

冴子轻声地笑了出来。阿泉与低调收敛的姐姐不同,从小就是个率真豪爽的孩子。她虽然反抗父母时直来直去,可撒娇邀宠却手段高明。尽管如此,倒也并不招人厌嫌。冴子对妹妹这种性格羡慕不已。

"姐夫怎么样?"阿泉忽然想起似的问道。

"还是老样子呗!他嘴上说得倒是挺轻松自在,但其实好像累得够呛。"冴子的话语中隐含着对俊一身体的挂虑。

阿泉只"哦"了一声,心有旁骛似的用小勺挖冰激凌吃。

她忽然抬起头来问道:"我摸一下可以吗?"

"嗯!"冴子有些惶惑似的点了点头。

阿泉小心翼翼地向姐姐的肚子伸出手去。

"肚子还几乎没鼓起来呢!"阿泉遗憾似的说道,"也许是因为姐姐太瘦,所以不显怀吧?"

"肚子鼓起来要到第四个月以后呢!"

"那就还得等些日子啦!"

冴子没有点头，而是轻柔地把妹妹的手从自己身上挪开。然后，她把话题转向阿泉的丈夫。

"敏夫也挺好吧？"

"托您的福！"阿泉像对外人似的客气道，"他在网上炒股，好像赚了不少钱呢！"

"那挺好啊！"

"因为这比干本行还赚钱，所以他说想辞掉工作。"

"真那么赚钱吗？"

"姐夫没试试吗？"

"炒股？我那口子可不行啊！"冴子笑着答道，"他看报纸的时候，经济版连瞅都不瞅就翻过去了，因为他认为还是邮局的简易保险最安全。"

"那倒是挺安全的。不过，本钱也不会增值吧？"

"好像是那么回事儿！"

"你们夫妻俩怎么都是这个样子呀？"阿泉十分惊讶地说道。

"我们不适合做那种事儿嘛！"

"你也没试过，怎么就知道不适合呢？"

"是啊!"冴子很轻易地妥协了。

"关键还是机遇问题啊!"阿泉说道,"就说我们家阿敏吧,他也不是一上手就达到宅友级股民了呀!我们新婚旅行时剩下一些旅行支票,几年之后他把旅行支票兑换成了现金。你猜怎么样?当初买进时汇率是一美元兑九十日元,兑换时汇率变成了一美元兑一百三十日元呢!"阿泉望着姐姐的面孔似乎在问"怎么样"。

"虽然我不太明白怎么回事儿,不过肯定是赚钱了吧!"冴子不太自信地问道。

"当然赚钱啦!"阿泉肯定地说道,"虽然只剩下五万日元的支票,可那也赚了两万日元呢!"

"好厉害呀!"

"厉害吧?就说炒股吧,我当初也不太明白是怎么回事儿。可据说一旦熟悉了就特别简单。"

阿泉把吃完果汁冰激凌的容器照原样盖好盖子,接过姐姐递来的纸巾擦了擦嘴,然后用郑重其事的语调说:"因为我们家需要钱。"并且用不温不火的目光盯着姐姐的面孔。

"哦——"冴子避开妹妹的目光,随即平淡地补充道,"可是,不会总是那样运气好吧?"

"所以,阿敏也好像学了不少经验嘛!"

阿泉从提包里取出化妆盒,对着小镜子重新涂抹口红。

冴子怔怔地望着妹妹的动作说:"用这种方式学经验,我那口子可是不行。"

"哪里呀!姐夫不是专门搞电脑的吗?现在人们几乎都在网上炒股,所以据说懂电脑的人特别有优势呢!"

"那个人再懂电脑,也不会跟金钱挂钩啊!"

冴子把阿泉送到私铁车站后,顺便在站前商业街买了些东西。街道两旁排列着很多鱼店、肉店、菜店和酒店等个体商店,所以只要从这头走到那头,所需物品就几乎都能买齐了。虽然新住宅区也有大型超市进占,但冴子却喜欢在传统老店里购物。鱼店主人向新搬来的冴子介绍了很多做鱼的烹调方法,而菜店的小伙计也会在卖菜时搭送一两个土豆或芋头。受到这种慷慨豪放的氛围吸引,她的脚步总是自然而然地迈向商业街。

在冴子准备晚饭时,丈夫大都会准时到家。除了那些特别难以拒绝的应酬之外,俊一下班后总是尽量直接回家。他本来就不太喜欢酒席宴会。另外,由于他在公司里主要担任电脑编程方面的工作,所以也不会直接与客户打交道,顶多是在工作结束后跟同事们一起去老地方聚餐。而且,像这种小酒宴也是三次中就有两次推辞掉。不知从何时开始,同事们也就适可而止地减少了邀约俊一的次数。因为他待人亲和、工作能力强,所以无论上司还是部下都没有疏远他。可是,俊一仍能感到自己似乎不那么容易被人接近。不过,他心中对此并不觉得失落,倒不如说愉悦感会更加强烈一些。

但是,他对于工作方面的不安情绪却一年比一年严重了。在二十多岁时,他还自信现役工程师能干到五十岁,可是年过三十之后,他就感到越来越接近极限了。即使是做同一项编程任务,他也已经敌不过刚刚大学毕业的年轻人了。他们具备了在俊一的头脑中已开始丧失的灵活性和敏锐性，即使是实际运行电脑程序，他们也具有俊一循规蹈矩的编程中所不具备的轻捷感。当然，如果只是因为他们年轻而对他形成不利因素的话，他还可以凭借自己的丰富经验来克服。但是，根本性的问题却是在于他自己。

电脑编程的操作不仅仅在最初就需要卓越的构思和创意能力，在编制过程中仍需有超凡的专注力和耐久力。近来，他感到自己的精力已开始衰减。而且从年龄方面来讲，或许已到该转型做营销的时候了。在这个日新月异的世界上，要求人们必须与时俱进地吸收最尖端的科技成果。据认为，只要落后半年，再想跟上潮流就十分困难了。被先进技术远远甩下的那一天或迟或早都会到来——这是毫无疑问的事情。到了那个时候，公司里还能有自己的位置吗？左思右想之间，他渐渐地感到自己就像已到该退役时期的运动员。

他回到家里，只见起居室里的餐桌上摆好了碗筷。俊一换上休闲服，然后把未及细读的早报展开在餐桌上。过了片刻,冴子就用托盘端来了罐装啤酒。

"今天阿泉来过啦。"她一边用指甲揭起金属环一边说道。

"她有什么事儿吗?"俊一把报纸放在桌下并拿起小号的啤酒杯。

"好像只是随便过来看看。"冴子停顿一下又补充道,"她说敏夫炒股赚了不少钱呢!"

"是吗?"

"她说要不你也试一试!"

"我就算了吧!"俊一想了想说道,"因为搞那个玩意儿有人赚就会有人赔嘛!像我这样的人,恐怕首先就得赔钱。我把钱赔进去让敏夫君赚,那不是太傻了吗?"

"说到炒股,你是不是也持有公司的股票啊?"

"我倒是买了些职员股票呀!不过,那都是陪着大家被动购买的。"

"涨了吗?"

"哪儿会呀?"他笑着说道,"因为公司业绩下滑，股值也一直跌个不停。"

"那为什么还留着那些东西呢？"冴子表情认真地问道，"难道不能卖掉吗？"

"卖倒是能卖。不过，那就等于把自己的公司抛弃啦！"

"可是，如果公司垮了，股票不就等于废纸了吗？"

俊一默然无语。

"阿泉说九十日元涨到了一百三十日元呢！"冴子用天真的语调接着说道。

她把听阿泉讲的事情原原本本地告诉了丈夫。

"那是因为他买的是旅行支票，所以才碰上好运气了呗！"俊一苦笑着说道，"都到了几乎快忘记的时候才增值的嘛！但实际上用现金运作可就不一样啦！"

"你挺懂行的嘛！"

"因为我有同事就是为这个丢了工作的嘛！"

"因为炒股？"

"他从证券公司贷款做股票交易，最后造成近一千万日元的评价损失。他只好用退职金抵补了。"

"敏夫不会有事儿吧?"冴子脸色骤然阴沉下来。

"好啦,他挺稳重的,不会发生那种事儿!"

"还是给他提醒一下吧!"

"告诉他我有个同事赔得一塌糊涂吗?那我可不愿意哦!"

"阿泉家的事儿又不是外人的事儿!"说完这话,冴子的目光落在了自己还没显怀的肚子上。

第二章

他俩本来就不善于社交,所以连朋友都很少来家里访问,跟亲戚之间也只是互发贺年卡,并没有其他往来。对于街坊邻居来说,他俩恐怕多少都属于那种难以接近的存在吧!虽说倒也并非没有最低限度的交际,而且明晓世道规矩和基本常识,却仍然难以加深交往。他们与街坊邻居保持着一定距离,总是不改新来住户的姿态。两人对于世道和社会怀有淡淡的厌恶和戒心,除此之外再无任何关注,简直就像除自己的伴侣之外再也没有可以不设防的人了。虽然俊一姑姑等人羡慕地说"两人总是和和睦睦的,真好啊",但其中也含有委婉批评的意味。

无论在谁的眼中,他俩都是和睦夫妻。即使说到兴趣爱好,俊一只有读书和用相机拍摄身边的景物。即使是在节假日,他也不会独自外出游玩,偶尔出门也大都是陪伴冴子。在天气晴朗的星期日，当他提议说"去哪儿转转吧"的时候，冴子也会欣然应允"真想去哪儿转转呀"。但是，在他打开报纸一边喝咖啡，一边优柔寡断地商讨去这里还是去那里之间，时光就已经到了中午。当两人第二次在餐桌旁对坐时，俊一就会提出妥协方案："今天时间不多了，就在附近散散步吧！"冴子也同意这样做，于是两人就去附近的商业街、神社院内或稍远些的河堤上溜达一圈回来。坐在餐桌旁吃晚饭时，两人对于节假日的休闲方式都不会感到任何缺憾，这样就已经心满意足了。

这一天，两人也是避开行人如织的喧闹正街，沿着小区旁穿过住宅街道的路线来到了附近的神社。这条堪称背街小巷的狭窄柏油路，擦过开凿山脚新建的公寓楼前，直通辩才天寺庙门下。在仅停十台车就会被占满的神社停车场里，栖居着许多野猫。有时可以看到它们成群结队，有时只能看到一两只，好像因为季节、天气和时间段不同而发生数量的变化。在春季和秋季，还可以看到刚刚出生的小猫仔。随着那些小猫仔渐渐长大，老猫们陆续消失。在不知不觉之间，野猫的阵容就彻底更新换代了。

两人在护摩祈祷招牌旁垒起的低矮石墙坐下小憩。冴子从肩上的小挎包里窸窸窣窣地取出了什么东西。

"你吃吗？"

"你带了些东西？"俊一颇感意外似的说道。

"零食！"她像幼童似的答道。

冴子撕开袋口向丈夫递去，俊一伸进手去捏了些小点心出来。

"我大学时代有个同学叫加藤，他根本就不能吃虾。"他边吃边说道。

"不能吃虾吗？"

"不仅仅是讨厌，据说吃了虾就会过敏，难受得要死。即使吃了用炒虾锅炒的菜，他浑身都会出荨麻疹呢！"

"那么厉害呀！"冴子惊叹地说道。随即用门牙咬下一小块点心，随即响起一阵悦耳的咔哧声。

"据说,加藤君从小时起就想吃一次那玩意儿。同学们都吃得那么香嘛!每次看到电视广告,他的愿望就会急剧膨胀起来。可是,他要真吃就得豁出命来呀!到底是吃呢,还是不吃呢?"

"他吃了吗?"

"那是在上高中的时候,加藤君刚刚被女孩甩了。他有点儿自暴自弃地想:哪怕吃完虾味食品死了也算,就把一袋全都吃完了。"

"然后呢?"

"什么事儿都没有啊!"

"简直就像撒谎。"

"这种食品中确实含有称之为撒谎也无可辩驳的东西。"

"他真的没事儿吗?"

"所以嘛,我觉得这上面说采用了天然整虾实在可疑呀!"俊一指着食品袋说道。

"我倒是觉得加藤君说的话有点儿可疑,"冴子把食品袋翻过来查看食品原材料的说明,"真的有虾肉哦!"

"是啊,我虽然没见过他死去活来的过敏反应,但是他吃寿司和生海鲜时都不吃虾肉,这可是事实呀!我觉得他太可怜了,所以总是把自己的鲜贝和**鲕**鱼换给他。"

"你不是也有很多不喜欢的东西吗?"

"可能就是这个原因,我跟加藤君挺合得来的。真是不可思议啊!"

"真是怪人!"

冴子站起身来,惟妙惟肖、嗲声嗲气地召唤野猫们,并且给最先过来的茶色狸猫喂了一把零食。似乎觉察到这边的动静,正在车底下睡午觉的野猫们也爬起来,三三两两地慢慢向这边走来。从后山的杂树林中,也出现了几只野猫的身影。

"也许有的猫咪吃了虾味食品会过敏呢!"俊一说道。

"哪里,没那么邪乎吧?"

"虽然加藤君没事儿,却不知道猫咪会不会有事儿哦!"

虽然野猫们都凑了过来,却似乎没有一只像是饿着肚子，有的甚至只对冴子抛出的零食耸耸鼻尖就立刻走开。在停车场的角落里，散落着吃剩下的人造猫食，还有用小型聚酯容器备好的饮猫水，以及树荫下用纸箱做成寝床式的猫舍。看来，神佛的护佑已经惠及无家可归的猫咪们身上了。

俊一端起相机开始拍摄猫咪照片。这台APS单反相机，是在跟冴子认识稍前时购买的。当时，他独自一人难以打发闲暇时光，便心血来潮地想到不妨玩玩摄影。刚开始的时候，他也就是拍一些身边景物的照片而已，例如：自己居室里的家具和餐具，以及在周围散步时看到的景象——古老的民居、房檐下的花草、破破烂烂的招牌、淋着雨的自行车等。

这一两年来，他就专门拍摄猫咪的照片，最近甚至能预判它们的行动了，例如：它要打哈欠了，它要伸懒腰了，它要开始洗脸梳毛了。于是，他抓住这些瞬间把镜头对准猫咪按下快门。

"听说，市里将要制定针对猫咪的管理条例啦！"俊一瞅着取景器说道，"好像要给猫咪脖子里植入记录主人联系方式等信息的芯片呢！"

冴子只是随声附和地点点头，仍然只顾埋头招呼那些猫咪。她把猫咪单个分隔开来喂食，好像是想避免它们发生争斗。

"你的创意很奇特啊！"

拍完一圈照片，俊一整理并收起相机，开始逗弄身旁一只正在梳毛的猫咪。他把细长的枯枝对准猫鼻子，时而画圈时而前伸。而猫咪则把脑袋转离这个制造麻烦的挑衅者，继续用舌头勤奋地梳理皮毛。不过，当挑衅者执拗地触动猫咪的尾巴时，它也会被激怒并突然向枯枝发起反击。他觉得猫咪的反应很有趣儿，于是变本加厉地继续挑衅。可是，猫咪却像是在反省刚才的失态而对他不予理睬了。俊一不愿就此善罢甘休，还想继续逗猫咪玩儿。可猫咪毕竟无心奉陪，就像什么事儿都没发生似的离去并消失了。俊一目送猫咪悠然离去的背影，心中莫名其妙地留下被人类遗弃似的感觉。

俊一双手撑住膝头，呵护着以前受过伤的腰站起身来。然后，他把手掌顶在腰间开始做后仰动作，下颚自然而然地向上抬起,就这样长久地望天空。

"你在干什么呢?"

冴子一边翻转小食品袋一边问道。

"仰望天空呗!"俊一如实地答道。

冴子好像没对他的回答产生什么疑问,并像受到催促也抬起头来向天空望去。略带朦胧的空中,划出笔直的条云。除此之外,并没有什么特别有趣儿的景物。

突然,她发出了短促的笑声。

"怎么啦?"俊一莫名其妙地回过头来。

"我想起一件事儿。"冴子笑着答道。

她说两三天前的电视广角节目中曾经介绍:近来相继有目击者称,在南太平洋岛屿上生息的大群企鹅看到上空飞过的飞机时惊讶不已,竟然出现了几十万只企鹅一齐仰面倒地的壮观景象。科学家们认为,企鹅们可能是把飞机当成了天敌,在目不转睛地追视之间身体失衡而向后倒下。

"我就因为不是企鹅,所以才不会倒下嘛!"俊一听过冴子的说明后认真地答道,"而且科学家们都说错啦！企鹅们仰面倒下并不是因为身体失衡。"

"那你说是为什么？"

"因为它们根本就没有正上方的概念呀！"他用温和的语调提出谜一般的见解，"当然了，企鹅在追视飞机之类时偶尔也会仰望上空。不过，那也只是偶然现象，或者至少不会是有意识的行动，所以才会摔个仰八叉。而真正意义的仰望正上方，应该是人类所特有的动作吧！没有任何目标，人类常常仰望上空。也许对于未来、希望和憧憬的思考就是从这里开始的呢！"

"真够浪漫啊！"

冴子所说的浪漫，不知道指的是人类，还是评论人类的俊一。

两人噤口不语，久久地望着天空。

"走吧！"俊一催促道，"不管拥有怎样浪漫的观念，还是有可能因为脑部缺血摔个仰八叉哦！"

散步回来之后，冴子开始在厨房里准备晚餐

了。俊一穿过里屋卧室，钻进了自己的房间。这间四铺半席的板房是在狭小的宅基地上勉强扩建的，由于朝向东北角，所以几乎整天晒不到太阳。他觉得反正白天都待在公司里，便直接把书桌搬进去当成了自己的房间。原先住简易公寓时，因为连安放书架的空间都没有，他就把暂时不看的书籍都装进纸箱、塞进壁柜了。而现在已经拥有了自己的房间，他便买回两个钢制的简易书架来。他把书架靠墙立好，再把从纸箱里取出的书籍摆在上面，于是便有了几分书房的感觉。接着，他又把从大学时代就使用的书桌摆在面朝窄小后院的东墙边。当他节假日在这里读书听音乐时，又想到还应该在院子里种一棵树。

　　书桌上摊开着在一周前买回来的书。该书的作者周游世界考察了鳗鱼和鳗鱼食品文化，倾注渊博的知识和雄厚的积累写出了这部纪实文学作品。俊一在常去的书店里信步浏览时，发现它就平摆在自然科学的专柜上。俊一自己并不特别喜欢鳗鱼，此时只是因为被该书浮世绘般装潢的美感吸引而爱不释手，才拿着它来到收银台前。

有关如今尚未确定鳗鱼产卵场所的情况，他也曾经听说过。正是由于这个缘故，要想人工养殖也只能捕捞野生鳗鱼苗来进行培育。现在有人认为，生息在欧洲和北美东部河流里的鳗鱼全都诞生于大西洋中部的马尾藻海域。据说，它们从那里出发，往往要耗时数年之久、遨游数千公里的漫长旅途。虽然生活场所都是海洋，但既有为产卵而沿河溯流而上的鲑鱼之类，也有为产卵顺流而下回归远隔数千公里深海的鳗鱼。俊一想：它们的生态是多么有悖常理和苛刻呀！据说，鳗鱼因为在回归出生地的途中概不进食，所以消化管道会大幅度萎缩，眼球则会为在弱光的深海中看清物体而变大。而且，它们为了适应水压剧变，甚至改变了自身的结构。

俊一在以整个地球规模畅想宏大的生与性的营求之间，心神渐渐离开书本变得恍恍惚惚，只有视线在字面上徒然徘徊。当他恍如梦醒抬起头来时，只见玻璃窗外稍显倾斜的晒台已变成黑影。天短啦——俊一在心中念叨了一句，同时被莫名的惆怅笼罩。他发现自己好像茫然自失了片刻。当他再次把视线投向书页时,屋里已昏暗得必须开灯了。我居然会在这么暗的地方看书——他惊诧不已地合上书本。

起居室里,冴子正在观看电视现场直播大相扑比赛。他从她身后走过,取下了挂在冰箱旁木柱钉子上的钥匙串。

"哦,你别管啦!"冴子回头说道,"一会儿我去吧!饭菜都做好了。"

"吃饭以前弄完算了。哎,阿玉呢?"

"还没上场呢!"

从起居室穿过厨房,隔壁是三铺席大的木地板房间。因为太憋屈了,所以拆掉中间的隔扇只留下滑轨,铺上地毯之后总算像个房间了。据说,原先这里是土地板,在姑姑他们租住之前,房主老两口就在这里规规矩矩地贩卖香烟和小食品。在姑姑两口子入住之后,店面的布局也还保留了一段时间,这里就作为稍显宽敞的门厅使用。后来在第一个孩子出生时铺上了木地板,虽然完整的房间算是鼓捣好了,却没有余地再造一个门厅。窄巴巴的换鞋间隔着一道门板,外面就是任凭风吹雨打的街面。

俊一仍如往常那样,打开自售机的门锁查点货品。在确认了缺货品种的数量之后,他就回来取东西。在入户门旁有个一铺席大的木地板隔间,里面堆着装箱的香烟和罐装饮料。他先把缺货的香烟补齐,又把缺货的饮品也装满。

他再次走进家中,冴子在厨房招呼了一声:"辛苦你啦!"

"阿玉怎么样?"

"输啦!一下子就被推出绳圈了。"

"成绩怎么样?"

"三胜五负。"

"状态不佳啊!"

"好像在上个赛季受的伤还没好利索呢!"

"而且他年纪也不小啦!"

"他起势就没做好嘛!"

不知什么原因,冴子特别喜欢看大相扑比赛。俊一心想:严格地讲,她喜欢的也许是比赛得分表。

她会十分珍视地把每个赛季前报纸登载的得分表剪下来，然后用红蓝铅笔记录所有"幕内"（高级别）力士们的胜负。获胜者用红色，失败者用蓝色。没能顾得上观战的场次就根据晚间新闻或第二天的早报补写，从来不会漏记一次比赛。就这样，她似乎已把用红圈和蓝圈填满十五天赛程的得分表当成了生存的意义。在上个赛季结束之后，到下个赛季要过一个半月。从两国体育馆开始的赛程，在每个奇数月份依次举行春、夏、秋等共六个赛季。冴子的一年就这样开始新的轮回。

对于她所追捧的那位"阿玉"，俊一看不出有什么特别的亮点。其风貌即便剔除相扑力士的弱势因素仍然乏善可陈，更没有特别突出的成绩。他在高级别力士中总是徘徊于第十名上下，有时好像还会跌落到"十两"（低级别）的行列之中。这从冴子的观战时间有所提前就可以看得出来。他曾问过冴子："阿玉到底什么地方好呢？"于是，冴子仍然面对电视机回答："可能是屁股吧。"打那以后，俊一也就不再刨根问底了。

过了一会儿，冴子用托盘端来了米饭和酱汤，两人默默地开始吃饭。起居室里电视机还开着，发出弱小的音响。俊一本来就不看电视，而冴子除了相扑比赛之外也似乎对别的节目不感兴趣。

"不过吧，一边看美食节目，一边吃饭也挺奇怪的哈！"

"换频道吗？"

"哦，没关系。"

电视画面中，一对露出旅途劳顿的演艺界夫妻造访伊豆或哪里的温泉旅馆，在泡过温泉之后身穿浴衣乐享旅馆的美食招待。他们每次伸筷子都会做出夸张的表情说"这是山珍，这是海味"，并且用贫乏的语汇极力赞赏。

"做菜的人会怎么想呢？"俊一说道。

"什么？"

"那个看上去连老婆做的菜都不知其味的老公，却说电视画面上的料理好吃呀！"

"出乎意料，可能会一起点头赞同吧！"

"这种情景真乏味啊！"

"还是换个频道吧!"冴子笑着说道。

俊一拿起遥控器换了几个频道,最后定在了七点钟的新闻节目。两人之间,还是他倾向于选择NHK电视台。因为一旦听到其他台煽情式的音响效果和尖叫式的解说时,他立刻就想换频道了。而且,电视台毫无意义地拉来艺人凑数并让他们发表感言,还不时地放出演播厅内的爆笑声,令他感到喧闹不堪。那过多的字幕也使他无法忍受。

"酱汤淡不淡?"端着碗的冴子抬起狐疑的脸问道。

"不淡啊!"俊一又啜了一口,"我喝着正好。"

"可能是我的味觉不正常了吧!"

关于酱汤的话题似乎将要就此结束,可俊一却又把它接续下去了。

"据说,如果精神压力积累过重的话,味觉就会变得迟钝。几天前的报纸上就是这样写的。"

"哦?"冴子似乎对此特别感佩。

"如今的年轻人都喜欢蛋黄酱,对吧?据说,那可能就是因为味觉迟钝的缘故。由于身体过于紧张,所以就品咂不出细腻而微妙的滋味来了。对于甜味儿、辣味儿和酸味儿都越来越重,于是只爱吃像快餐和家庭餐厅里那种重口味食品。因此,非常需要有品味白开水的情趣哦!"俊一目不转睛地盯着妻子的面孔问道,"夫人,你是不是精神压力过重啦?"

"我觉得根本没那事儿!"冴子十分认真地答道。

"精神压力就是在不知不觉之间积累的呀!总而言之,必须适可而止地、知足常乐地、稀里糊涂地生存哦!"

"要是咱两人都适可而止地、知足常乐地、稀里糊涂地过日子,那这个家就维持不下去啦!"

"不要紧!如今的世道就得这样过。"

电视里的体育新闻已经结束,接下来是天气预报时间。"本地明天仍被高气压覆盖,会是个好天气!"听到电视播报,俊一又想起几年来耿耿于怀的疑问——气象预报员到底是怎样的职业呢?他在节目中登场只有短短几分钟,而除此以外的时间都在哪里、干什么呢?恐怕不会整天都在分析从气象卫星发来的数据吧？出于单纯的好奇心，俊一特别想知道他们的工作内容。不过，他并没有付诸行动消解这个疑问，所以这依然是个未解之谜。

天气预报节目结束之后，他像忽然想起似的向冴子发话："车站那边开了家温泉浴场，你知道吗？"

"这么说来，确实送来过广告单呢！"冴子的视线离开手边的汤碗，抬起了疑惑的面孔。

"下次休息时去看看吧！"

"好啊！"冴子稍加思索又说，"我就算啦！你一个人去吧！不过，真的是温泉水吗？"

"反正已经开业了，应该是吧！"

"这种地方会出温泉水吗？"

"如今的钻探技术相当进步，好像哪儿都能打出温泉来了。且不说出水量和温度……"俊一像是在说服自己，"因为对温泉业者的审查也很严格，所以不会有人搞歪门邪道吧！"

俊一仍如往常在十一点钟之前钻进被窝，就着枕畔灯光读了一会儿书。那是加了译注的《百人一首》。因为是新刊型的小开本,所以他每晚都要在被窝里读上一段。可是,在顺次阅读现代日语译文、内容鉴赏和出典之间,一首尚未看完就会发困。因此,从夏季最热节气开始阅读直到九月底的现在,他依然在小野小町和蝉丸的作品前后打转转。

当他把书本扣在枕边闭上眼睛时,冴子做好了明天的盒饭和就寝前的准备,终于走进卧室。

"关灯吗?"她向仰躺着的俊一问道。

"嗯。"他依然闭着眼睛答道。

冴子关灯后钻进了自己的被窝。过了一会儿,俊一发问:"花市什么时候开始来着?"

"应该是十月底吧!好像是在菊花展那个时候。"

"开展后咱们去看看吧!"他的嗓音中已透出困意,"如果有合适的院树就买一棵回来!"

"种在哪儿呀?"

"后院太煞风景了嘛!"

"那儿又晒不着太阳,能长吗?"

"那就买能长的呗!"

关于花市的话题就此打住。屋外好像起风了，偶尔传来安装不严的窗玻璃前后摇晃的咔嗒声响。俊一把意念控制在花市方面以防胡思乱想，并等待睡意袭来。如果不能顺利地抓住第一波的话，那就难以入睡了。旁边的冴子已经发出轻微的鼻息声。受到冴子鼻息声的引诱，他也不知不觉地进入了梦乡。

第三章

　　每年到了夏去秋来的季节，俊一都会想起他俩相逢时的情景。如今，两人相识已经快五年了。那段时期,冴子每天晚上都在公寓自己的房间里哭泣。因为俊一恰巧就住在隔壁，所以每晚都会听到从板墙那边传来的哭声。虽说是哭声，但也只是隐隐约约有那么点儿动静而已。如果不仔细听的话则平静如常。但是，耳朵一旦捕捉到那个声音，就感到整个房间里都充斥了女子的啜泣声。每到这个时候，俊一都会自言自语地说："啊，又哭起来了！"

　　那哭声大都从午夜之前开始，至于是什么时刻开始的、怎样开始的，却无论如何都捉摸不清。可尽管如此，一旦触动了听觉，俊一就感到似乎从很久以前就有所耳闻。那哭声犹如淅淅沥沥的雨声不会搅扰神经，侧耳聆听之间仍可悠然入睡。第二天早上醒来时，隔壁房间里已悄然无声。不过，那并不意味着房主离家外出，确实还保留着有人的迹象。俊一想：她肯定是哭了一整夜现在已经睡着，这个女子简直就像夜行性动物。俊一把不通风的窗户完全打开，又吃了些面包片、喝了杯咖啡算作早餐。此时，隔壁房间里依然悄无声息。

在公司里上班的时候，俊一就把那女子的事情完全忘在了脑后。即使在下班回公寓的路上，他也不曾因为那夜半哭声而烦躁不安。可是，当他放下工作回到家里长舒一口气时，首先就会侧耳聆听隔壁房间里的动静。这已然成为习惯，他有时甚至会静静地等待那哭声响起。于是他略带自嘲地怀疑自己：这是不是已经构成了犯罪？他几乎想不起那位邻居长的什么模样，除了觉得那女子年龄比自己稍轻之外，再没有更多的印象。他甚至对邻居是一位异性都没有明确的意识。但是，自从听到那哭声之后，他就开始苦闷地意识到邻居的性别了。

正像那哭声平平淡淡一样，他的生活也在平平淡淡中度过。可即便如此，日渐敏感的耳膜却一点点地探索到隔壁女子起居活动的状态。虽然邻居的响动稀少而微弱，但由于了解房间的布局构造，所以仍能丰富俊一的联想。这是一座简易公寓，因此水流的响声特别易于传送。这尤其使他对女子的肉体浮想联翩。有时在深夜响起洗衣机的转动声，俊一还会粗鲁地自言自语道："这么晚了还折腾什么呀！"可是，虽然他嘴上这样说，心里却对女子的存在产生了亲近感。第二天早上，在出门上班之前，他还绕到后街抬头望望女子的房间窗户，只见窗帘依然紧闭。不过，窗外的晒衣架上，在毛巾的遮挡下，还挂着花色素淡的内衣裤。

那时就已经有过相逢的预感——俊一后来回顾时曾这样想道。每天夜里聆听冴子在隔壁房间里哭泣，已然成为他生活的一部分。他甚至好几次感到两人已经以身相许，最后竟然对那位尚未看清相貌的女子产生了几分恋情。我迷恋上了啜泣声——说到底应该就是这么回事儿，只能是这么回事儿。虽说应该只能是这么回事儿……

"你没觉得厌烦过吗？"两人生活在一起之后，

冴子曾向他窃窃私语般地问过。

"好像没有厌烦过吧!"俊一仿佛在说别人的事情,"就觉得你是在替我自己哭泣呢!"

就在那一年之前,他给持续三年多的婚姻生活画上了终止符,而且无心再婚。不管是结婚还是离婚,对于他来说只有惨痛的回忆。两人曾相亲相爱并走到一起,但在分手时感情却已冷漠得超过陌生人,甚至连争吵都完全没有了。他们都为对方耗尽了精力并盼望尽早分手,已经深深陷入这种近似于强迫观念的心态之中。虽然离婚也是他自己所希冀的结果,但并没有给他带来解放感。倒不如说离婚虽然实现,可他对人的憎恶感却更加强烈了。

尽管曾经有过这样一段经历,但在听惯了女子的哭泣声之后,他就感到两人并不是在独自生活,甚至不由自主地产生了两人一起过日子的心思。当他待在房间里时,总感到自己在挂虑对方的存在,并感到总是挂虑对方的自己似乎已经焕然一新。虽然隔着一道墙壁,但相互并不顾忌对方听到自己活动的声响。这或许已与同居没什么两样。且不说是否意识到对方的活动轨迹，但吃饭、冲水、洗脸、刷牙这些声响，应该都已相互渗透到对方的房间里。自己沉浸在对方生活的响动中，同时也让对方沉浸在自己生活的响动中。一对陌生的男女邻居就这样生活着。这种意识一旦在大脑里扎下根，眼前就出现了把两份生活的尘垢合二为一的男女生存场景。

每当女子开始哭泣时，他也就再不能只嘟囔一句"那你就好好地哭个够吧"而淡然处之了。或许是因为全神贯注于女子的哭泣，他几乎听不到别的声响了。这种夜晚令他感到倍加静谧。那哭声有时大概持续一小时后就会停止，有时则会持续两三个小时。无论是哪种情况，他都会耐心地奉陪到底，绝不中途放弃。终于，那种紧张的静谧被打破，隔壁传来踏响地板的声音。他也感到疲惫不堪，随口嘟囔一句"泡杯茶吧"并走向厨房。

一钻进被窝，他就油然产生一种超越了与邻居女子同衾共枕的亲近感。尽管中间隔着一道墙壁，反而使他感到她的肉体近在咫尺。冰凉盖被的重量与总也暖不起来的脚趾触觉，使他得以设身处地与那女子感同身受。他还能感到从被窝传到身体上的暖意，仿佛就是那女子肌肤相亲的体温。

"那些几乎都跟妄想差不多啊！"与冴子住在一起之后，俊一忆起当时的情景，"你可能也有些不太正常，我也相当危险呀！"

"我都不知道你是那么危险的人物就解除戒备啦！"

"越是危险就越没有坏心眼儿！"

"我认为你是个天真无邪的人哦！"

"因为我很纯情嘛！"

一番卿卿我我之后，两人暂时无话。

"总而言之，多亏我那次去了你的房间啊！"过了片刻，俊一以恩人自居似的说道，"要是一直那样持续幽灵般的关系，咱俩真的很危险呐！"

当时，像往年一样，从俊一的老家寄来了邮包。毕竟是乡下人，每年一到年底，母亲就会装一箱蜜橘和年糕给儿子寄来。尽管地址有了变化，可是始自大学时代的习惯，即使经过婚姻时代和离婚时代依然如故。由于寄来的年货量太大，一个人必须连续不断才能吃完,所以没过多久,剩下的蜜橘和年糕都会发霉腐烂。这次邮包送到时,他立刻想到了那位女子。与公寓邻居分享从老家寄来的特产,大概不算超越邻里交往的常识范围吧!他温和地说服自己,同时感到如果只有一墙之隔的邻居的存在从大脑中完全脱落才可笑之极。

第二天,他下班从公司回到公寓之后,特意确认了时间才去敲响邻居的房门。他感到房间里边忽然沉寂下来,有人在侧耳静听。她是不是想假装不在家?当他几乎要放弃时,房内响起"哎"的清亮嗓音和门锁打开的声响。从稍稍打开的门缝里面,露出曾经见过的白皙脸庞。

"您是哪位啊?"女子十分文静地问道。

"那个……我是住在隔壁的……邻居,"俊一结结巴巴地说道,"老家给我寄来了蜜橘,如果可以的话……"他把连数都没数就倒进超市塑料袋里的蜜橘和年糕向女子递了过去。女子在一瞬之间露出迟疑的神色,俊一看到立刻用事先准备好的道白补充说:"因为我一个人吃不完,所以想请你帮个忙。"

女子目不转睛地凝视着俊一的面孔,终于像看懂了什么似的轻轻说"实在不好意思",随即垂下了双眼。

"你是不是听到什么声音啦?"

俊一感到自己回答的话语惨遭封堵。

"是不是让你感到很不愉快啦?"

女子用意外明快的嗓音说着抬起了头,表情中透出淡淡的笑意。这回轮到俊一垂下了双眼,并感到自己所有的行为都那么愚蠢透顶。当他产生了强烈的自我憎恶并感到那也是伪善、这也是欺骗的时候,里面响起摘掉链锁的声响,房门打开了一半。

"那我就不客气啦!"女子说道。

"请收下吧!"俊一把塑料袋递了过去。

越过女子的肩头,可以看到房间里收拾得简约整洁。此前曾模糊地想象这边生活环境杂乱的他,从目睹的情状中感到了些许宽慰。他准备把这种宽慰当作此行得到的礼品,规规矩矩地撤回自己的房间。

"那个……"女子欲言又止,吞吞吐吐。

"什么事儿?"俊一不禁采用了催促的语调。

"因为我太难过了,所以还得哭一阵子呢!"她像洪水决堤般地说道,"这样难免会给你添麻烦,所以你就把耳朵堵住吧!"

"不会添什么麻烦的,你就痛痛快快地哭个够吧!"

说完这段奇妙的对话,两人就分别了。俊一离开关上的房门前,视线落在门旁悬挂的信报箱上,这才知道了女子的名字。我怎么连这个都不知道啊——他怀着思念相识多年伙伴的心情回到自己的房间。

表面看来仅此而已。当他回想起她连房门都没让他进的时候,事情已经过了好多天。不过,在那次造访送礼之后,女子的哭声渐渐发生了变化。她已不像先前那样通宵达旦地轻声哭泣,而是每晚只哭一次,并且是三十分钟或一个小时,比此前缩短了时间。此外,连音质也发生了很大变化,似乎毫无忌惮、一吐为快并且总是干巴巴的。俊一觉得,那种哭声就像肚子饿了的婴儿,而且是无论怎么哭都不会伤及身心的哭法。当然，聆听者的感受也发生了变化。不过，女子的悲伤已越过顶点——这种推断在俊一的心中逐渐变得确切而清晰起来。一般在病情暂缓之后，往往还会反复出现低热现象。像她这样每天哭一次，或许已是犒劳和慰藉病后身体的表现了吧！

俊一还想到，那女子与其说是为了个人的悲伤而哭泣，不如说是为了更大的隐痛而哭泣。自己由于听到她的哭泣声而得以疗伤，自己与她一起各自疗伤。这是因为那哭声所到之处没有虚伪。至少，现在哭泣的女子与聆听哭声的自己的关系中没有虚伪……当他想到这里时，不禁对这种为自己开脱的歪理感到败兴。

忙忙碌碌之间正月也已过去，季节中能感受到日渐回暖的缕缕春意。每逢节假日，俊一就尽量在公寓里自己做饭。他的拿手菜也就是杂煮、咖喱和鸡肉蛋盖饭之类，还有就是从超市买来半成品配菜稍稍加工一下。不过，他认为自己做饭可以维持某种状态。

这一天，他也是从傍晚时分开始做饭。他按包装盒上标明的五盘份切了肉块和菜码，铝锅里煮好的咖喱卤量相当多，只是看看就令他发愁。尽管如此，当他独自一人就着超市配菜喝酒并把七八两米饭快吃完时，锅里的咖喱卤就剩下一半了。

"这简直就像猪猡嘛！"

当他自觉卑贱地嘟囔着把餐具端到洗碗池时，房门被叩响了。他借着微醺的酒劲儿乐滋滋地打开房门，只见那女子笑眯眯地站在面前。

"怎么啦？"俊一兴冲冲地问道。

"那个……我肚子饿了！"冴子也毫不发怵地答道，"我从中午开始就什么都不想干、什么都干不成，一直坐在被炉桌旁，突然就觉得肚子饿了。正在这时，飘来一阵咖喱的香味儿……"

俊一害怕继续说下去被别人听到不好，便用臂膀护着女子把她让进房门里边。

"是吗？你肚子饿啦？"他一本正经地问道。

"是的。"女子有点儿难为情似的点点头。

俊一把女子领进房间，并且先让她坐在兼作餐桌的被炉桌旁。当他把咖喱锅端回厨房放在灶上加热时，却发现米饭已所剩无几。

"实在抱歉，我把米饭吃完了，所以得再煮一锅。你等会儿吧！要不就先吃点儿咖喱卤吧……"他像做开场白似的说道。

"只吃点儿咖喱卤就行啦！"冴子文静地笑着答道。

俊一把绝无仅有的一套西式瓷盘和餐勺洗干净，没有擦碗布就适当地控了控水，再把重新热好的咖喱卤盛进盘中端到客人面前。冴子像小孩似的合掌说了声："谢谢。"

"那个、主食面包倒是还有些。"俊一战战兢兢地说了出来，"我常常这样吃，在懒得煮米饭的时候。"

冴子撕开面包片蘸上咖喱卤往嘴里塞，几个动作一气呵成。俊一觉得此情此景目不忍睹，赶快把视线挪开左顾右盼。怎奈房间里并无养眼的景物，过了片刻视线就又转回女子这边。他倒不是觉得眼前景物有什么异样，只是难以猜测这位毫不介意在男子面前饕餮的女子心态如何，便不由自主地审视起来。于是，冴子微微歪着脑袋冲他莞尔一笑，似乎在问："你怎么啦？"

"你可真会做咖喱呀！"冴子蘸着一盘咖喱卤吃完两片面包之后，露出刚才大快朵颐时所没有的羞涩神情。

"哪里呀，这都是方便食品嘛！"俊一缺少那种缓释对方窘态的从容不迫，只能实打实地回答，"要不就喝杯咖啡吧？"他用稍稍谦和的语调问道。

"不用，我得告辞啦！"冴子这才为时已晚地表示出客气态度。

好像就是在让她吃那不是味儿的咖喱卤时越的线——俊一回忆到。以身相许就等于以实际行动证明那时的心理越线。

第四章

在温泉浴场各处悬挂的招牌上，详细地标明了泉水的性质、适应症等等。旁边还贴着附加说明式的告示：在温泉水量不足时补充自来水并适当加温。这是因为某家以乳白色温泉水著称的浴场曾使用添加剂被举报，照例受到媒体的热炒和猛烈抨击，所以才慌忙采取了补救措施。即便如此，好歹也还算是天然的温泉水。

浴场内部的设置就像曾经流行一时的"超级澡堂"，有白汤、草药汤、电气浴池、喷气浴池、塑身浴池、凉水浴池、桑拿等等，品种繁多，应有尽有。如果把所有的汤池全泡一遍的话，恐怕难免导致晕澡甚至心脏病发作。在外面还有露天浴池、蒸汽浴池和水雾桑拿，由于挡板左右两边情况多少有些差异，所以男浴池和女浴池隔日互换。

星期六下午,吃过午饭的俊一拎着装有换洗衣物的提兜独自来到温泉浴场。从家到这里的距离也就步行二十分钟。由于他来得较早,虽说是周末这里倒也不至于人满为患。因此,俊一得以从容享受水气旺旺的蒸汽浴和桑拿浴。他仔细地清洗了头发和身体之后,泡在露天浴池里仰望夹在高高隔板和凉亭式屋檐之间的天空,从脑芯里向外感到舒坦惬意。然后再用一个多小时出入那些名目繁多的汤池——已经成为俊一这段时期的最大乐趣。

他想:一旦赤身裸体,个人的癖性或莫如说类似动物的习性就会暴露无遗。即使说到简单的撩水净身方式,也会呈现百人百样的景观。虽然遮挡下体应属下意识的举动,但也有人就像惧怕坏事败露一般严防死守。而有的男子却似乎从最初就没有遮羞意识,大模大样地四处游走。还有把清洗场的小椅子打上大量泡沫像心怀世仇般猛搓的人,有用脸盆舀出凉水池的水反复泼洒在通道上的人,甚至还有在近一百度高温的桑拿浴室里鼾声如雷地睡觉的勇士。俊一观察着那些男子的生态再次感慨:"人类真是千奇百怪的动物!"

俊一头顶浸湿的毛巾坐在沐浴明媚阳光的露天浴池里闭上眼睛,一边放松心情,一边回忆跟冴子开始共同生活初期的往事。那个时期,他俩每天晚上都要在杳无人迹的街巷中漫步,堪称近于习性般的循环往复。到了夜阑人静临近三更时刻,也不知是哪一方就会提议"出去散散步吧",而另一方也从来不唱反调,两人便麻利地关上门窗来到万籁俱寂的街道上。

他们专选狭窄而幽暗的小路散步,这可真是莫名其妙的事情。来到交叉路口就向左拐或向右拐,用不着开口商量,也不用一方跟着另一方,只是像流水自知向低处去那样。两人肩并肩地委身于左边或右边的昏暗角落,其结果就是避免横穿十字路口,仿佛玩游戏般意趣盎然。而且,这已然成为确定去向的指针,所以不觉之间便已成为默契或规定动作。

作为一幅男女徜徉午夜街巷的图画,它属于风格素淡的类型。既没有身贴身,也没有缠缠绵绵的步履,话语交谈也只是在长久沉默之后偶尔发出而已。俊一以他人的眼光审视自己心想：这难道是一幅初识恋人无法消磨垃圾时间的构图吗？或者出乎意料也许是一对处于同居末期失去对肉体贪恋的男女的形象？两人一边走还不时地互相询问星星和星座的名称。此时正是南方夜空中天狼星格外明亮的季节。近处空中就有猎户座，而相反方向在找到北斗七星的范围之内，他们所具备的天文知识也就到头了。两人噤口无语地仰望夜空，数不清的小星星从幽暗深邃的宇宙边际浮现出来。

避开大街专走小巷，反而使自己选择了与主干道不即不离的路线。虽说是心血来潮地见弯就拐，但两人最终还是站在了那条河的岸边。来到这里就没有人家了，河滩上繁茂地生长着类似芦苇的水生植物。因为这里临近入海口，所以在退潮后露出的河底常有白色水鸟成群结队地宿眠。远方可以看到，过桥的车灯仿佛夜行性昆虫之类无声地交织穿梭。两人郑重其事地露出半放弃的微笑交换眼神，俊一轻轻地搂住冴子的肩头。冴子用透着睡意的嗓音喃喃低语："仿佛梦境一般！"她的脸庞纯净得几近透明，恍若浮现出童女的面容。

俊一想，这五年好歹算是平安无事地过来了。至少两人之间从未弥漫过剑拔弩张的紧迫气氛，也从未笼罩过唇枪舌剑的阴云。他泡在浴池里回忆起当时的情景，就感到两人度过的五年岁月整个都脱落无遗，开始陷入此时依然伫立于幽暗河堤上的错觉。如果没有过高的奢望，可以说这样已经堪称幸福。但另一方面，他又觉得两人就像放弃了某种重大要素的夫妻。虽然以相互信赖和爱情支撑的稳定感用朦胧的光明点缀了他们的日常生活，但同时也似乎导致了已终结某种重大要素的人生倦怠感。

回到家里，他一如既往地摘下了立柱上挂着的钥匙串。当他在天黑之前补完货品并锁上自售机门时，身后突然有人打招呼。一种不太年轻的妇人嗓音，令他感到像是被粗暴地抓住了领口。

"我先生是不是来府上叨扰啦？"那妇人问道。

"没有，没有光临寒舍啊！"

受到对方高雅谈吐的诱导，俊一也彬彬有礼地回答。然后，他再次打量了对方。这位妇人是从哪里出现的呢？感觉简直就像从地下冒出来的一样。她五十岁上下的年纪，身材清瘦，在这种年龄段中应该算是高个子了。她身穿玫红底描染着白梅的正装和服，腰系筒式织锦腰带，一副刚从婚礼会场回来的打扮。

"是吗？没来府上叨扰啊！"

妇人平淡地略施一礼，随即向暮色渐浓的小巷深处走去。当那妇人的背影转过街角消失时，俊一喃喃自语道："什么呀，这是？"与其说感到匪夷所思，不如说有点儿气愤。不过，他倒也没有进一步深究。在如今的世道上，像那种脑筋螺丝松脱的人不在少数。实际上今天在温泉浴场里就满眼目睹了这类人群。

"那人一直在笑。"吃晚饭时俊一刚刚拿起筷子就开始汇报，"从进了更衣室脱衣服到浴池，也不知道因为什么一直哈哈大笑。那到底是什么人啊？"

"有病呗！"冴子淡淡地答道。

"嗯，要说有病倒是确切无疑，不过，那也会给周围的人带来困扰啊！大家难得有机会享受泡温泉的悠闲自在，可身边却有个阴阳怪气的男人发出刺耳的大笑声。我还算运气好，他进去不久我就洗完出来了。更可笑的是，他在进浴室前还要正儿八经地称体重。当然，他站在体重计上的时候也一直大笑不止。那表盘指针摆来摆去的，还能看清数字吗？"

"确实不容易啊！"冴子轻轻笑道。

"你不觉得最近经常看到这样的人吗？"

"是吗？"冴子这回有点儿迷惑不解了。

"是不是类似于过敏反应呢？"俊一没有多大把握似的推测道，"据说，所谓过敏反应就是身体怠惰的表现。由于悠闲过分，所以松懈过度。这恐怕还属于和平与富裕的副产品吧！因为已经丰衣足食了嘛！因为所有的生活物资都已供过于求了嘛！而且可以很轻易地拿到手中。只要走进连锁店，什么盒饭、点心、饮料、书籍、化妆品应有尽有。甚至还有 ATM 机呢！在尽善尽美、服务周到的优越生活环境当中，人的体魄在不知不觉间松懈怠惰，自律神经等功能就会发生紊乱，于是导致了花粉过敏症。由于身体怠惰，所以大脑肯定也会松懈下来。也就是说，与花粉过敏症患者增加的原因相同，脑筋螺丝松脱的人数也会增多嘛！"

"你这种推论好像有点儿奇怪哦！"

"怎么会呢？你从来没听说过伊拉克和巴勒斯坦有什么花粉过敏症吧？"

"伊拉克和巴勒斯坦的事儿我不懂啊！"

"嗯，那倒也是。总而言之，治疗花粉过敏症的方法呢，就是断食一个星期左右。不过，从现实性来讲，这恐怕是不可能的事情吧！因为根本就不会有那种意志坚强的人嘛！我觉得，几乎所有人都会竭力忍耐流鼻涕和眼部刺痒，顶多服用一些抗过敏药物，然后继续饱享美味佳肴。虽说是把忍耐的对象搞错了，但习惯于加法的人类已经难以再用减法了。由此推断，花粉过敏症恐怕不可能从这个社会消失了吧！"

"你不总是说应该悠着点儿、糊涂点儿吗？"

"那也要因人而异呀！对于我们这种刻苦奋斗型的人来说，这种心态十分重要啊！因为任何事情都有个平衡的问题嘛！"

"我说不定会得花粉过敏症呢！"

"那到时候就断食吧！"

此后两人暂时无话，默默地继续吃饭。电视机仍如往常发出低弱的音响，俊一心不在焉地望着电视画面。这时，冴子突然发话了。

"老公，刚才占部先生的夫人跟你说话了吧？"

俊一一时不知道冴子问的是什么，过了片刻才想起稍早前补完自售机货品后那段简短的对话，耳畔还留着妻子盘问小淘气包般的语调。

"那个大婶叫占部啊！"俊一嗓音中透出不愉快的情绪。当他重复冴子所说的名字时，那妇人身上的和服花样和言谈举止就跟浓妆艳抹的气味一起浮现出来。

"那到底是个什么人？"

"就是前面药店的太太。"

听到这里，他才想起隔着街道对面排房中有一家小药店。在那座小楼简约门厅的一角,立着土里土气的制药公司旗幡,感觉很不搭调。那幅情景曾几何时在散步途中映入眼帘。

"听说,她已经连自己的先生都认不出来了。好可怜呀!"看到俊一在追溯朦胧的记忆,冴子直截了当地挑明了事实真相,"所以,她才会每天四处寻找自己的先生呀!"

如此看来,这是街坊邻居早已众所周知的事实。虽然占部夫人发病是在一个月之前,但是当周围目光聚焦之后,就有人出来说"她在两三个月前就来过我家了",还有人说"不,半年前就来过了"。人们的记忆逐渐向更早的时期回溯。而从另一方面来讲,这种说法也不无道理。因为最初药店老板的夫人来问"我先生是不是来府上叨扰啦"的时候,街坊邻居还没掌握断定她表现异常的依据。于是,在如此追根溯源的过程中,就越来越搞不清她究竟是从何时开始表现异常了。据说,其言行出现明显的妄念症状是在近一个月之间。

这对夫妻原先就是在同一家医院工作的药剂师

和护士。夫人比老公大五岁,这可能是使她如今患病的最主要原因吧!因为据说在医院工作时,老公就有点儿花花公子习气,有好几个护士拥绕身边。现在的夫人也是其中之一,最后就是她射中了丘比特之箭。然而,即使在结婚之后,她也因年龄比老公大好几岁而深感自卑,于是一直受到担心老公出轨的不安情绪折磨。据说,实际上邻居中也有许多主妇认为她老公确有出轨的事实。这种经年积累的嫉妒与不安,最近由于独生女儿出嫁、家里只剩夫妻两人而渐渐诱发了疾病。

听着冴子的讲述,比起这件事情的内容本身,俊一对冴子不知何时已跟街坊邻居主妇们相熟并听到其他夫妻的隐私这个过程更感兴趣。

"也就是争风吃醋那些事儿呗!"他暂先说出不痛不痒的感想。

"那可不好说。"

"真正的夫妻爱情就是这样培育出来的嘛!"

"你净说些不负责任的话!"

"就是为了防止过敏反应,她才故意制造适度的紧张状态嘛!"

冴子惊讶地望着俊一。

"不管怎么说吧,那位太太的异常行动,不就是为了寻找自己的老公才挨家打听吗?"他的语调像是要告一段落,"既然是这样,那就把她当成心情有点儿郁闷的大婶,别理睬她就行了呗!倒是周围人嚼舌根儿叫人觉得太没教养啦!"

"事情可不是你想得那么简单哦!"冴子虽然语调显得并不那么感兴趣,但双眸深处却隐藏着幽暗的执着,不肯轻易撒手这个话题,"这附近的主妇们好像都挨个儿地被她当成老公出轨的对象啦!所以大家都非常为难嘛!听说,最先就是药店邻居家的太太。"

据说,占部夫人每天都要去邻居家,并且照例提出那个问题。最初她说话还稍微客气点儿,但后来就渐渐变成了盘问的口气,最终竟然咬定邻居太太就是老公出轨的对象。话都说到这个份儿上,要是让众人听到真是太丢面子了。于是,原先把她当成病人看待的邻居太太终于忍无可忍,最后两个女人争得披头散发，也搞不清哪方是病人了，相互破口大骂"偷腥的猫""叫警察抓你"。

"也许是爆发之后解了气，药店太太的矛头转变了方向。可她这回又把怀疑对象转向下一家并挨家挨户地盘问，所以反倒更麻烦了。如此一来，她就把整个街道所有的主妇都当成敌人啦！"

"把她老公带到她眼前不就行了吗？"俊一禁不住说话粗莽起来。

冴子用"真拿你没办法"的目光瞅了他一下。

"我不是说了嘛！她已经认不出自己的老公了呀！"

据说，最先被怀疑成老公出轨对象的邻居太太为了解气，已尝试过叫她跟老公直接对质了。当时，药店太太还是不依不饶地说："还我老公，我知道他就在那儿。"于是，邻居太太便把无计可施地在自家听两个女人争吵的药店主人拉出来，随即推到占部太太面前问："这是谁？"可是，占部夫人只是直勾勾地盯着老伴的面孔，却没有什么明确的反应。当邻居太太再次质问："这不是你老公吗？"

占部太太却说:"这么说来还真有点儿像呢。"看样子,她是真的认不出来了。而药店主人也做出皮笑肉不笑的表情,望着难以抑制愤怒情绪的邻居太太,似乎在说:"她就是这个样子啊。"

"那受到伤害的范围到底有多大?"俊一突然觉得此事并非与己无关了。

"好像相邻的两三家和她家对面的好几家都遭到骚扰,然后她就销声匿迹了。不过吧……"冴子欲言又止。

"怎么啦?"

"听说,年轻主妇都是主要攻击对象哦!"冴子好像难以启齿,"我听到占部太太的事情,原本也是因为有人担心这方面才事先告诉我的。"

"于是你就信以为真了吗?"

俊一觉得自己已从妻子的态度中探出轻微的不安。冴子好像过意不去似的低着头,但又似乎心不在焉。

"真是防不胜防的灾祸啊!"俊一长长地叹了口气并喃喃自语道。

"不过，太太好可怜啊！连自己的先生都认不出来了。"说完，冴子用一反常态的灿烂表情望着丈夫的面孔。

第五章

冴子开始妊娠反应了,整天都有轻微的恶心像低烧般憋在胸口。或许与空腹有关,早上特别难受,如同晕车时呕吐般的不适感从胃部间歇性地发作。

但是,另一方面她却又突然想吃某种奇特的食品。有一次,她半夜里忽然想吃糖醋海带了。而且一旦产生这种念头,就会被顽劣的饥饿感纠缠不休,难受得坐卧不安。于是,她悄悄钻出被窝去厨房打开洗碗池下的橱柜。里面当然不会有那种食品,可即使明明知道没有,却也不能就此作罢。于是,她又找出用于煮高汤的海带剪成细长条含在嘴里吸吮,这才好不容易压住那种奇特的食欲。还有一次,她突然想吃葡萄干了。幸好是在白天,于是她急匆匆地出门去买。可是,当她买到有机种植的无农药葡萄干回到家时，却又不想吃了。

俊一多次被钻出被窝的妻子惊扰了睡眠。他仍然闭着眼睛翻了个身，然后不动声色地窥探厨房里的动静。那边传来拧开水龙头的响声。当响声停止并恢复平静时，眼前浮现出冴子正在缓解呕吐感的背影。过了片刻，好像冴子正在喝白开水，又传来把水杯放在餐桌上的刺耳碰撞声。俊一完全从睡意中清醒过来。又过了片刻，冴子才蹑手蹑脚地回到卧室里来。

"你不要紧吧？"俊一向黑暗中招呼道。

虽然电灯关掉，但好像不知从哪里聚集了微弱的光线，冴子脸庞的轮廓模模糊糊地鼓胀起来。

"嗯。"她简短地答道，胸部还在反复短浅的呼吸。

在妊娠反应持续期间，俊一就把自售机补货的活儿都揽下来。虽然与冴子同时起床确实很难，但是当他好歹在七点之前来到门外时，还几乎看不到上班族出行的身影。刚刚起床只把头发简单抹平的中年女性，身穿疑似睡衣的服装牵着狗狗散步。还有些身穿纯棉套装的半老男人正在慢跑晨练,他们好像再没必要忙于早起准备上班了。俊一用新奇的目光望着他们和她们的生态。

考虑到讨厌煮米饭气味的冴子的身体状况,俊一决定早餐暂时简单地吃些面包和水果。喝过袋装红茶,他在固定时刻走出家门,然后在公司里半恍惚半清醒地做完了工作,倒也没造成什么妨碍和不便。于是乎,所谓半恍惚半清醒的状态也只是意识中的局部感觉,而大脑和神经却出人意料地仍在勤奋运行。这也是因为,将已经完成编程的十进制算式用计算机语言输入的操作具有枯燥而机械的特征。所以,耳朵不知不觉就交给了大街上的响动,听觉穿越被四方形楼宇环绕的十字路口纵情彷徨。从距离相当遥远的JR车站,时不时地传来发车铃声。每当敲错键盘猛然醒过神来时,才会促使他发出苦笑——这样下去恐怕要出重大事故!

从公司下班之后,他应邀跟同事们顺路去了附近的餐馆。考虑到这段时期冴子的负担较重，他就在加班晚归时尽量在外边用餐。如果只是独自一人的话，他就以吃饭为主而几乎不喝酒，即使喝酒也顶多是一瓶啤酒而已。最近，他已不像年轻时那样动不动就喝过劲儿，而是不管喝什么都没任何反应。但这似乎跟酒的种类关系不大。于是，他对烈酒反倒敬而远之了。与其说是酒量变小，不如说是感受性迟钝了。好像不仅仅是对于酒精，他感到自己的体质开始变得对所有刺激都怠惰了。

他们来到一家以鸡肉料理为主的小酒馆。在跟着大伙吃了生鱼片、烧牛肉和烤鱼肉串之后，该店自荐的小饺子上桌了。他一边用啤酒滋润着荤腻的口舌，一边想着待在家里的冴子：她现在是不是正在煮挂面呢？

偕行的两个同事要了一斤八两一瓶的烧酒，加入冰块正在你斟我酌。那个最年轻的坂口君说起了炒股的话题。

"这就跟玩打弹子一样，要先确定本金，想投五十万就投五十万。不过，最初先要做好精神准备，如果失手输光就得认栽。但只要在充分估计风险的前提下入市，就会意外地发现很少失手。因为即使你买的股票跌了，只要耐心持股等待即可。"

然后，他又传授了几个要点，例如：选购优质股票、不要止损涨两成就抛出等。

"这简直就像退休老人的消遣嘛！"略微年长的小林接过了话头。

"我老婆的妹夫好像也乐此不疲呢！"俊一也接上了话头。

"家庭主妇和女事务员中好像也有很多人把炒股当成家庭副业，还赚了不少钱呢！据说，她们已经是网上炒股新开账户的主力军啦！"

"不过，真正能够提高利润的网上操盘手实际上能有几个呢？"小林无所不知似的说道，"我听说大部分股民都亏了本。"

"少数成功人士夸夸其谈，大多数失败者忍气吞声嘛！"俊一嘲讽似的补充道。

坂口充耳不闻似的继续讲述。

"我把投资不单单看成增值手段，而且是规避风险的手段之一。以前只要把钱存进银行就能保住本金和利息,所以让人很放心,对吧?但是,由于清债制度的推出和一流银行倒闭,如今已不存在可以百分百放心的存钱之处了。即使是原先认为比较安全的选择项,现在也无一例外地伴随着巨大风险。"

"就连咱们公司都很难说没有风险啦!"小林说道。

"当然,"坂口使劲点点头,"如今哪里还有安全的企业呀?另一方面,生活保障正在急速丧失,风险已扩散到所有的领域。整个日本到处都存在遭遇抢劫、街头行凶和强盗的危险。即使说到绑票,现在也已不只是以富翁子女为目标了。也就是说,安全与危险的界线已经消失殆尽啦!"

"说的是啊!"俊一感慨万分。

"只要身处日常生活当中,任何人都毫无例外地担负着风险。"坂口有点儿现趸现卖似的继续讲述,"可以说,这是一个把风险强加于人的社会啊!另一方面,企业却又不保护员工免遭风险的侵袭。

而且，政府正在不断地拆毁国民的安全网，区域共同体和血缘纽带也正在消亡，所有的风险都必须由个人负担和处理。这种应对风险能力的差别，又进一步产生出经济上的差距。"

"叫你这么一说，好像就没有任何梦想和希望啦！"小林用与话语内容不相称的悠闲嗓音感叹道。

"不过，应该有的时候还是有啊！"

"哦？那么……谜底呢？"

"说实话，鄙人我不久就要结婚了。"

"啊？"比起炒股的话题，小林似乎对这个新鲜话题更感到富有吸引力，"你这是在正式宣布吗？对象是谁？不会是本公司的姑娘吧？"

"哪里呀？你还得顾体面呀！本公司有那么出色的姑娘吗？"

"没有啊！"

"我觉得还没必要当机立断。不过，这确实有些微妙呀！"

"那到底是哪儿的姑娘啊？"

坂口提到当地主要银行的名字。在几年之前，俊一他们公司还承包过该银行与其他银行联网系统的工程。当时,坂口也是那项工程的成员之一。

"真是<u>丝毫不敢放松警惕</u>啊!"小林泼冷水似的说道。

"别说那么难听的话!"

"婚礼定在什么时候?"俊一问道。

"明年三月份。"

"那能行吗?"小林用有点儿醉意的语调较上劲儿了。

"什么能行不能行?"

"结婚伴随着离婚的风险,有了孩子之后,还得承担失足少年和家庭暴力的风险呢!"

"那就看你用心不用心了。"

"嗯,那倒也是。"小林呷了一口杯中剩下的烧酒,然后向对方探出上半身压低嗓音说,"我教给你一个持久不衰的秘诀吧!"

"不必啦!"坂口冷淡地答道。

"不要企图掌握对方的全部信息!"小林对坂口的拒绝不予理睬,"详尽的信息会破坏对其信仰。"

"我并不打算信仰什么呀!"

"不管怎样,都不要企图成为对她无所不知的专家。"

"承蒙指教,多谢!"

俊一看看表,已经过了十点钟。他不胜其烦地想:是时候该回家了。

"不过,你们知道松尾先生的情况吗?"坂口的眼窝有些湿润。

"出什么事儿了吗?"

"听说已经相当恶化啦!"他用毫无沉重感的嗓音说道,"据说是癌症晚期。"

松尾是坂口结婚对象所属银行的干部,在俊一他们公司承包联网系统工程时,他也是银行方面的负责人。

"听说只能再活半年或三个月了。"

"有那么严重吗?"

"听说得的是胃癌,已经有腹水潴留了。"

这可能是他通过正在交往的女子得到的信息吧!

"要是有了更详细的信息请告诉我，好吗？"俊一说道，"可能的话，我想找机会去探望他一下。"

"行啊！"坂口爽快地应承下来。

俊一婉言谢绝了两人再喝一家的邀请，独自向最近的车站走去。他走在仍有酒客哄闹的大街上，像寻找失物般开始零零碎碎地重拾刚才听说的那位癌症晚期熟人的面影。即使在他看来，当时的松尾也像是工作过劳的样子。在上次那项联网系统工程中，从单元测试到打包测试，他自始至终坚守在最耗费体力的现场。他确实从工程立项阶段开始就参与其中，也是对该系统的妥当性和必要性做出最终决定的重要角色。其实，委托方的负责人通常都没必要去测试现场见证。

所谓打包测试，指的是将已经完成测试的各个细分化程序按照逻辑进行大规模打包并试运转。如果这项测试顺利成功的话，接下来就要统合全部组件并在近似正式运转的环境中对整个系统进行测试。最后，就要在各个营业点安装终端机，运用实际数据进行试运转。由于整个项目必须按照各个阶段逐一完成多次测试,所以首先需要制定稳妥的测试日程。

这项测试日程,松尾跟俊一等人几乎是鼻尖相对地商讨并制定出来的。在测试过程中出现新问题或明显发生遗漏时,都得立刻召开紧急会议。在试运转中发生重大故障时,那就还得夜以继日地加班加点。而且,在进行测试期间,由于以记账和清账处理为中心的结账系统还在正常运转,所以运用大量计算机资源接近正式运转的测试并非随时随地都可以进行。有些必须在八点钟以后,有些则必须在星期六和星期天。因此,连节假日和深夜都得编入测试日程。

根据坂口所讲的情况来推测,医生首次向松尾告知已到癌症晚期的诊断结果,应该是在联网系统刚刚开始运转的时候。俊一按照外行人的想法猜测:松尾的病恐怕是因为工作导致精神压力过重。虽然一时甚嚣尘上的不良债权处理问题表面上已经告一段落,但无论何处的金融机构应该依旧被迫继续采取了严格的应对措施。或许，特别是对于现场负责人来说，在媒体不再大肆报道之后才算真正到了紧要关头。

为泡沫经济收拾残局——概括地讲就是这么回事。以扩大经济框架、促进消费持续膨胀为前提而推行的社会经济，在微观上和宏观上都发生了矛盾，并由此带来了呆账坏账。为了摆脱困局，当局应该已经采取了各种各样的解决方案——这是连局外人都不难想象到的事情。银行内部裁员下岗自不必说，还有急于谋求规模经济利益的业务协作、相关公司的关停并转以及实质上的切割。俊一听说，由于松尾所属的银行收回了融资，被逼入经营困境的中小企业不下十家。好像还有人为了返还贷款利息而参与了消费者金融，最后竟然被讨债人逼得自杀身亡。俊一推断：虽说这些都不是松尾个人的责任，但那些郁愤肯定也会在他心中日积月累。

俊一在十一点钟过后回到家里时，冴子还没睡下，正在起居室的餐桌旁削苹果吃。她认为，像苹果和柿子这类水果比较易于食用，在想吃时分批少量地吃些自己想吃的东西，是度过妊娠反应期的要领。俊一还曾听她这样说过。

"我给你泡茶吧？"冴子一边收拾餐桌上的东西一边问道。

"不用啦！我自己来吧！"

俊一进里屋快速地换了衣服，返回起居室的餐桌旁还没坐稳就开了口。

"冴子，我不想再拼啦！"

"你怎么啦，突然说起这个来？"冴子抬头望着丈夫。

"我想了很多。"

俊一呷了一口自己泡的茶水，随即把茶杯放在餐桌上，然后用煞有介事的语调向冴子提问。

"你知道恐龙为什么会灭亡吗？"

"因为陨石撞击地球，对不对？"冴子天真地答道。

"那是细枝末节的说法，"俊一满脸不快地说道,"其实,那并不是真正的原因。"

"那,你说是什么原因?"

"因为恐龙们太拼了嘛!"

"所以说,你就不想过于拼命了,是吗?"

俊一瞬间无言以对,脸上露出"怎么说你才能懂呢"的神情望着对方。然后,他又重振精神继续讲述。

"比如说植物性浮游生物,它们从来不会勉强自己拼死拼活地干吧?"

"这……我又不是浮游生物怎么能知道呢?"

"那你当然不知道啦!我这也只是一种感觉,因为它们任凭小鱼吞食嘛!可是取而代之,它们就要通过旺盛的繁殖能力保存物种呢!而拼死拼活的都是爬虫类以上的动物。"

"恐龙吗?"

"嗯!"俊一乖顺地点点头,"恐龙们非常努力,为了更快、更大、更强……不管是勉强自己还是拼死拼活,本来都是生物们为了在生存竞争中取胜而培养出来的能力。虽说其结果也有繁荣兴旺的一面,但最后却遭遇挫折——恐龙们灭绝了。"

"就因为过分地拼死拼活吗？"可能是心理作用，冴子询问的语调似乎有点儿高亢。

"是的！"俊一表情严肃地答道，"因为我们哺乳类动物，从生物系统发生学来讲属于爬虫类的后代。而爬虫类则直接与人类关联。为了不重蹈恐龙的覆辙，我们必须向它们学习。"在一组呼吸间歇之后，他用听似顽固的嗓音做出孩童般的宣言，"总而言之，我不再拼死拼活地干了！"

"那就好啊！"冴子莞尔一笑不再多问了。

"我也不打算升职了。"他像押上赌注似的说道。

"健健康康的就是最好嘛！"

"如果有可能被裁员的话，我也不会死乞白赖地留下，而是要干脆痛快地离开公司！"

"不要紧！咱们还有自售机的营业额呢！"

俊一露出不太满足的表情止住话头，然后简单地收拾了餐桌上的东西。两人开始准备就寝了。他照例在被窝里接着阅读了一段《百人一首》的内容，不久就被浓浓睡意引诱关掉了枕边台灯。当他在黑暗中闭上双眼时,感到自己仿佛沉入了深深的水底,安眠似乎即刻就会到来。

第六章

这一天，冴子来到妇产科诊所的诊室做定期检查。按照常规，到妊娠七个月之前需要每四周检查一次。在候诊之间，她取下一本立在杂志架上的孕产妇杂志。当她哗啦啦地翻页时，看到了妊娠第十个月孕妇的照片。准妈妈的腹部鼓胀得甚至有些奇异，乳房难看地耷拉着。想到自己也会变成这种体型，冴子不由得产生了轻微的厌恶感。

最近一个星期以来，她的妊娠反应渐渐减轻了。现在，类似胃部不适期间的那种空腹感只是在隐约扩散而已。她觉得，只要把食物放进嘴里就能永无休止地大吃大喝。不过，她仍在过分一丝不苟地遵守医生的提醒：不要过量饮食。她开始避免吃零食，一日三餐都努力在规定的时刻进食经过精心计算营养价值和热量的饭菜，并坚持早晚都做专为孕妇编排的运动。她觉得,这样的日常生活也如同义务和使命一样。

她漫不经心地翻到了下一页,照片上是个正在为刚出生不久的婴儿哺乳的新妈妈。虽说只是照片,却也能传递出母子都沉浸在安详之中的浓浓氛围。只是看上一眼,她都会感到乳房鼓胀起来。忽然,她觉得自己也想为即将出生的小宝宝喂奶了。激烈的感情旋涡闪耀着炫目的光辉,恍若瞬间的错乱般笼罩了她。她觉得自己像是恍惚了片刻,又像是置身于梦境当中。

她被叫进诊室,接受了简单的问诊之后,医生就叫她躺在诊查床上露出腹部,然后从软管中挤出凉凉的果冻状物质,再用扫描器抹开。在遮了拉帘的诊查床旁边,放着与台式电脑相似的超声波诊断仪。

"虽然妈妈稍微有点儿胖,但小宝宝很健康啊!"四十岁上下的女医生一边滑动扫描器,一边半开玩笑地说道,"小宝宝长得挺快呀!您腰疼过吗?"

"没有。"

"我想找个最佳角度给您拍张照片,可是小宝宝太活泼了,不听我的话哦!"

医生频频滑动扫描器。

"您瞧!看见了吗?"她向冴子指示超声波扫描的画面,"这是头部,这是心脏。能看出搏动吧?"

冴子保持着仰躺的姿势,转过头去出神地注视着灰暗的画面。在颗粒粗糙的黑白屏幕中,有个物体正在蠕动。由超声波映出的胎儿心脏,是一个闪闪发光的白色粒子团块,正在强劲有力地搏动。

"已经长成几乎完整的人类胎儿形状啦!"

医生滑动扫描器,屏幕上又出现了新的图像。

"这是脚丫。您能看出来胎儿正在扑腾吗?"

那双小脚丫确实像是在昏暗的子宫里反复地做着蹬踹动作,看上去真是既欢实又优雅。

"小宝宝就是通过这样做体操来长肌肉呢!"

检查结束之后,医生告诉冴子一切顺利。

"如果妊娠经过正常的话,大多数准妈妈都能自然分娩。说到您的情况,因为身高和体重都属于标准体格,我想大概没什么问题。只是因为年龄稍大,所以请注意不要太胖哦!"

冴子难为情地点点头。

"请您注意适当地活动身体,饭要尽量慢慢吃。要努力达到每月增加一公斤体重的目标!您差不多也该裹腹带了吧!您知道要在戌日裹腹带吗?找这里的医护人员帮您裹也行,找您母亲或者别人帮您裹也行啊!"

从微暗的诊所里来到明亮的秋日阳光下,冴子忽然觉得就这样直接回家去有点儿可惜。从最近的车站乘坐电车再换乘地铁,到家大概有一个小时的行程。因为电车只坐一站,所以步行也就是二十分钟左右。她躲开大街,沿着电器量贩商店和商厦背面的街巷信步前行。穿过尽头的干线车道,就是冠以神社名称的公园。再沿着开始泛黄的成排榉树向前走,从私铁车站背面的步行街进入园内。可能因为正是午休时间段,所以随处可见穿西装打领带的男职员,他们几乎都在用手机打电话或发短信。因为附近还有不少补习学校和专科学校,所以也能看到拎着饮品、穿着休闲装的年轻人。

冴子转了半圈,在合欢树近旁找到一条空长凳并坐了下来。这时,从喷泉方向飘来一阵桂花香。冴子把手掌轻轻贴在大肚子上,专注地探测里面的动静。空寂宁静的腹腔中,没有任何反胃和疼痛的预兆,却奇怪地感到胸口堵得慌,胃部好像装进了一团空气。刚才在候诊室杂志上看到的新妈妈哺乳的照片萦绕脑际挥之不去。这种感觉与嫉妒和羡慕都有所不同,是一种更加深刻的失落感。

幸好妊娠反应不是很严重,但可以预料此后还会出现各种各样的症状:腰背疼痛、吐酸水、胸闷气短……还有对分娩这种未知体验的恐惧。难道这些真的都必须由自己承受吗?特别给冴子加重精神负担的是必须顺利生下腹中胎儿的责任感。最令她担忧的是稍不留神孩子就会流掉。不,如果是流产的话还算是轻的。要是生下一个有残疾的婴儿,或是在分娩过程中给婴儿造成了残疾……想到这些可能性,她就感到自己体内正在发展的势态简直无法承受。

一个男子的说话声使她回过神来。她抬头望

去，只见一个穿西装打领带、与俊一年纪相仿的职员正指着她身边的空座位。

"我可以坐在这儿吗？"

冴子轻轻点头并站起身来，头也不回地向前走去。她的额头和胸前都渗出了汗水，在走出公园时竟小跑起来。

就在这个星期天，俊一领着冴子去了举办花市的神社。那座神社位于与往常散步的神社相反的方向，从这里步行需要近一个小时。他们不惧路途遥远，专选没有车辆通行的小路走。那条依然保留着昔日田园风光的灌渠，如今已被黏稠的生活废水充斥。保留着古老农家建筑样式的民居，孤零零地伫立在雨后春笋般拔地而起的公寓楼包围之中。庭院前的柿子树上果实累累，已经开始成熟。在所剩无几的菜地里，栽种着可供一家人食用的蔬菜。

他们喜欢去散步的区域，也是能看到猫咪的地方。这一带交通量较少，没有小孩们玩耍，还有隐蔽之所，日照也很好。这也是因为，他们总是在猫咪喜欢出没的时间段外出散步。在夏季就是清晨和傍晚,在冬季则是能获得阳光沐浴的午后。因此,两人在散步途中遭遇猫咪的可能性就自然增大了。

"你总是给猫咪拍照,居然没有腻歪的时候啊!"冴子用略带批评的口吻,向正在拍摄卧在田埂上晒太阳的日本猫的俊一说道。

"因为它们总是有所不同嘛!"他仍然端着相机答道,"猫咪的表情会随着季节发生变化呢!"

"怎么变化呀?"

"春暖花开时是喜洋洋的表情,而到了秋天,也像是有点儿多愁善感呗!"

"真的?"

俊一屏住呼吸连续地按了几下快门。

"可能因为我平日里积德向善,所以近来我一端起相机,猫咪们就摆造型呢!"

"怎么会呢?"冴子笑着说道。

"真的嘛!"

"猫咪会对着镜头说'茄——子'吗?"

"别瞎说!猫咪怎么会做出那种低俗模特儿的

动作呢？它们都是若无其事地装出漫不经心的样子，神态极为冷淡地充当拍摄对象。不过，它们确实能意识到自己正在被拍照。它们完全明白。它们很会享受自己受到关注时的愉悦感哦！"

"那你跟猫咪们比跟我更加心心相通啊！"

俊一放下相机，略感困惑地看了看冴子。她开始向前边走去。两人默然无语地继续散步。

"我想吃鳗鱼啦！"俊一冷不丁地说道。

"鳗鱼？"冴子疑惑地回过头来，"真稀罕呀！"

"我先前看了书，于是就想吃鳗鱼了。"

"现在过季了吧？"

"好像还没有呢！人们都以为鳗鱼是夏季的海鲜，其实从膘肥体壮的秋季到冬季才是味道最美的时候啊！"

"哦！"冴子心不在焉地点头附和道。

"去看看吧！"

"是啊！我是不是应该吃更清淡点儿的东西啊？"

"为时尚早吗？"

"你去吧！"

"我一个人吃不香呀!而且也不是非吃不可嘛!"

穿过免遭房地产开发的菜地旁,两人来到地势稍高的地段。这里有一座朽烂不堪的废弃医院,或许曾经是专治心病的医疗设施呢!俊一停下脚步,像误入迷途的人环视着周围的风景。医院的地面与楼房后边的杂树林相连,开始泛黄的橡树和栎树即将迎来落叶的季节。

"还有这样的地方啊!"俊一颇感新奇似的自言自语道。

"偶尔来这边儿散步也不错嘛!"冴子语调平淡地接上了话头。

沿着日照充足的山脚向前走,就是目的地神社的后边。经过酱油坊的旧仓房旁,再穿过廉价的公寓楼前,就来到北侧的参拜入口。在小小的鸟居牌坊侧面,可以看到"官币大社"的字样。这座神社等级倒是不低,却给人一种受到冷落的印象。古老的石阶上长满苔藓,近于原生态的古樟树和古柞树遮天蔽日。铺满落叶的地面长着一片片山茶树丛,浓密的叶簇遮掩了貌似颇有来历的石碑。

两人先拜了正殿,然后再转到前殿膜拜。虽然是星期天,但神社院内却相当清静。那边还有一座挂了防护网的神殿,看样子正在进行维修施工。走下正门的石阶,前面有间休息厅。俊一看到门旁立着甜酒店的招牌,于是向冴子提议小憩片刻再走。在空旷的室内,排列着十来个铺了坐垫的长凳,却连一个顾客都没有。入口侧面支着一爿货摊,那位看似不易接近的阿婆除了甜酒之外,还经营粗点心和特产烤饼。阿婆招呼一声"欢迎光临",他俩也就不好意思拔腿就走了。甜酒被注入那乏趣可陈的咖啡杯中,价钱是二百日元一杯。冴子说:"有点儿像酒曲。"她喝得津津有味,还时不时地朝杯中探看,似乎想要搞清楚自己喝的是什么。

"医生说我的体内脂肪率相当高。"冴子抬起头来说道。

俊一瞥了一眼冴子的体态,然后不痛不痒地说:"看着挺瘦嘛!"

"听说,是否真的过胖,只用体重计称量是难以判断的。比如说我吧,就是在体内蓄积了过多的脂肪。"

"就像雪花牛肉吗?"

"味道肯定不好吧!"

"要是鳗鱼肉可就美味无比啦!"

"目前倒还不算太严重,但据说因为妊娠反应已经结束,所以今后还会因食量反弹而迅速发胖呢!"

"听说鳗鱼在产卵前也会食量猛增、储存能量呢!然后,鳗鱼就依靠那些能量游回马里亚纳群岛或某处秘密的产卵场所。"

冴子满脸惊讶地望着俊一。

"怎么啦?"

"看来不去吃一顿是不行了吧?"

正面窗外,有个两岁左右的小孩正在给鸽子喂食。每当那只小手投出点心渣时,就会有很多鸽子聚拢来争相啄食。还有个稍大些的孩子好像特爱看鸽子起飞的样子,一直跑来跑去地轰赶它们。但是,鸽子们只是闪展腾挪地暂时躲开眼前的威吓,随即立刻返回并聚拢在饵食周围。冴子炫目似的眯起眼睛望着那般情景,肩头又像往常一样在孤独感中沉静下来。

"该走了吧!"俊一放下喝空了的杯子说道。

冴子点点头也站起身来,却又像想起什么似的念叨了一声"对了",并从挎在肩头的小包中取出一张纸片。俊一接过冴子递来的照片仔细端详,然后心里没底儿似的问:"胎儿?"

上次检查结束离开医院时,医生交给冴子一张用超声波扫描仪摄影的胎儿照片。在这张巴掌大的、整体发灰的照片中央有一片黑色的空洞,角落里映出白色的影像,看样子就是胎儿。

"在诊疗室监视器上看的时候,轮廓比这更清楚。可照片怎么就没那么清晰呢?"她在一边窥视,一边惋惜地说道。

"真奇妙啊!"

"胎儿舞动的样子,实在是太可爱啦!"

"过程顺利吗?"俊一把照片递还给冴子并问道。

"是啊!"冴子依然入迷地凝视着照片说,"医生问我要不要看看小宝宝是男是女,我说不用了。"

"已经能看出来了吗?"

"医生好像已经看出来了。"

离开休息厅,两人向举办花市的广场走去。途中有沥青混材铺装的停车场,那里的跳蚤市场已经开张了。男女老少各色人等把自己的旧衣物、陶瓷器、手工制作的小物件和饰品、木工制品等摆在塑料布上向来客出售,有的店还把简易玩具当奖品让小孩们抽签赢取。

"我们抽个签吧!"冴子说道。

"真的抽到这种玩意儿怎么办嘛?"俊一说的是奖品。

"只抽一次!"

冴子向摊主交过钱,迟疑再三后拽住其中一根风筝线。结果抽到了近于空签的五等奖,奖品是造型寒酸的吹泡泡玩具。

"三百日元只得了这么个玩意儿啊!"俊一叹息道。

"你也抽一个试试吧!"冴子毫不介意地建

议道。

"我可不抽！"

在出售陶瓷器的地摊前，冴子心血来潮地买了一只"有田烧"茶碗。前些天她在清洗餐具时，把俊一的茶碗碰了个小缺口。虽然俊一并不介意茶碗有点儿缺口或裂纹，但冴子却对餐具怀有病态般的洁癖。

陶瓷器地摊旁有个卖名小吃烤年糕的车摊，俊一买了两块刚烤好的年糕并递给冴子一块。

"医生刚刚提醒过我注意防止过胖啊！"她盯着自己手中的烤年糕懊恼地说道。

"征服欲望可不是件容易的事儿哦！"俊一已经开始大嚼特嚼了。

"就当此事与己无关吧！"

俊一抬眼察言观色地说："要是体脂肪也能轻而易举地'裁员'就好啦！那就可以向它宣布'你的岗位被视为冗余，你被解雇了！'"

听到俊一净说傻话，冴子无奈地笑了笑。俊一又想把话题扯到鳗鱼方面，转念想到过犹不及的成语，所以还是适可而止了。

两人在跳蚤市场上空砍价一圈，终于不再绕弯子，径直向原先的目的地花市走去。在只铺了碎石子的广场上有个"第二停车场"的标志，但平时大都用于花市或二手车市等活动会场。秋日已开始西斜，俊一快速地巡视了一圈，向一位满脸深刻皱纹、貌似农家主妇的摊主询问了向阳面和土质等情况之后，买下一棵根部用草绳捆着黑泥的南天竹树苗。

因为带的东西太多，两人只好打出租车回家。俊一马不停蹄地在后院挖个坑，就把刚刚买来的南天竹种上了。到了这个季节，在城市里小小的后院早晚也能看到秋色渐浓的景物。即使是在白天，晴朗的天空一旦阴云蔽日，也能感到从街巷吹入的穿堂风凉飕飕的。他小心谨慎地确定了位置，想让南天竹叶影婆娑地投映在自己房间的窗纸上。他把南天竹的根部收进土坑，再把用小桶提来的水浇在根部。花市上那位主妇告诉他："不要拆掉根部的草绳。"最后，他仔细地查看南天竹苗有没有倾斜，然后才填上了坑土。当他用脚把根部周围的填土踩实时,凉鞋底部就像踏上暄软的黏土般陷了进去。

　　冴子不知何时来到套廊上,拿着抽签得到的奖品正在吹泡泡。晚风好像打起旋儿来,吹管前端冒出的泡泡划出旋涡向上升腾,有几个还越过屋顶飞远了。望着汇集了黄昏天光、将七彩融幻其间的泡泡,俊一被某种不可思议的感觉笼罩,仿佛现在置身此处的两个人,全都归属于已经失去的世界。不管是专心致志吹泡泡的冴子,还是望着冴子的自己,都像是遥远过去的景象了。

第七章

打那以后,占部夫人就再没出现在他们两人的面前。听说,她照旧在这个街区游来荡去,不久就会被她老公休掉。而母亲已经成了那个样子,连出嫁了的独生女儿也不愿意回娘家了——冴子时不时地提到不知从哪里听来的传闻。不过,占部夫人在他家门口仅仅出现过一次而已。

对于这件事情,冴子有她自己的推论:占部夫人的妄念在表面像是寻找不见踪影的老公,其实矛头是冲着左邻右舍的主妇们。从夫人的立场来看,她需要有魅惑自己老公并企图横刀夺爱的情敌出现,然后通过捏造这样的事实作为对老公冷淡自己的补偿。所以,虽然夫人把左邻右舍的主妇们作为目标,但因为她们全都夫妻关系和睦,所以就使故意渲染妄念的占部夫人无地自容。在她叫喊"偷腥的猫、还我老公"的错乱渐入佳境时，对方的老公从屋里出来站在无辜挨骂的妻子一边说："这个大妈真烦人。"因此，就连占部夫人自己也难以维持妄念了。

但令人不可思议的是，从来没听说过夫人自己被置身于这种窘迫的境地。有关这方面的街谈巷议，却都是某家主妇受到了骚扰。虽然偶尔也应该发生夫妻合力击退占部夫人的情况，却从来都没听说过。看来占部夫人前去袭扰时，对方的老公必定不在家中。其结果，留守家中的主妇就只能单枪匹马地迎战占部夫人了。

"难道她事先踩过点儿了吗？"

"可能是偶然吧！"

"这就叫狂乱之中有细心嘛！"俊一轻松地说道，"不过，她只要锁定那些白天去公司的上班族家庭就行了呗！"

"不管怎么说，占部夫人去的时候，对方老公好像都不在家。"

如此一对一地过招，就算是占部夫人单方面的妄念,结果也是双方势均力敌。而如果搞不好的话,没有第三方的观点加入,占部夫人就会始终处于进攻态势。尽管受到妄念攻击的对方认为自己占理,但越是据理反驳,从客观的角度看来,自己毕竟是在张牙舞爪地跟一个病人大吵大闹,于是就会产生迟疑和畏缩的心理。这时,占部夫人便乘虚而入、步步进逼了。

"真不好对付啊!"俊一表示了笼统的感慨。

"还不仅仅是这些呢!"冴子用奇妙的、稍显热烈的语调把话头扯开去。

冴子说,如果重新仔细注意观察那些受到骚扰的人家,就会发现其中必有瑕疵,即使是旁观者也能观察到夫妻关系不和或扭曲的表现:老公每天夜不归宿的家庭、平时几乎无话可说的冷战家庭、互相揭短的夫妻、由几十年婆媳不和演变为夫妻对立胶着状态的家庭……家家都有某种危机感。因此也可以认为:占部夫人的妄念正是利用了这种裂痕乘虚而入。

"听起来怪恶心的。不过,那些事儿在一般的夫妻之间都会发生。"

他觉得妻子的推断未免太随意了。

"这可不是在哪儿都会显现啊!"冴子说道。

"显现?她又不是幽灵!"

"她好像具有独特的嗅觉呢!"

"有味道吗?"

"肯定有味道嘛!"

两人不禁同时面面相觑。

"真是个可怕的瘟神啊!"俊一唯恐避之不及地说道。

"谁知道会怎样呢!"冴子颇有分寸地提出了异议。

冴子说,有的家庭主妇虽然遭到占部夫人污蔑陷害和暗中挑拨离间,但先前稍有失和的夫妻关系却以此为契机得到了修复和巩固。这与其说是由于占部夫人找上门来无理取闹而夫妻统一认识共同应对一个疯女人,倒不如说是夫妻俩都意识到自己由于这个事件引起公众关注而做出蒙蔽邻居目光的姿态。于是,某些家庭老公下班回家的时间提前了。

某些家庭的夫妻每个星期天都会双双偕行外出。某些家庭的婆婆和儿媳一起出现在市场，共同为做晚餐采购食材。有的夫妻说，我们的银婚纪念日到了，然后快快乐乐地踏上旅途，而且兴高采烈地戴上老公为自己买的钻戒，遇到谁都会炫耀一番。

"这就叫不打破鸡蛋就做不出蛋卷儿啊！"俊一就像在说什么至理名言。

"什么意思？"

"不管做什么事都得付出代价嘛！"俊一做出奇怪的注释，"听你讲了半天，我怎么觉得占部夫人都快能当新兴宗教的教祖啦！"

"有那么神吗？"冴子半信半疑地转过脸来。

"再过不久她可能就会说：'我已经能跟天神对话啦！'"

"怎么会呢？"

"从她的角色特点来看，我觉得很有可能啊！"俊一随即用稍稍收敛的语调问道，"不过，冴子是从哪里听来这些消息的呢？"

"倒也没从哪里呀！"冴子若无其事地搪塞，

然后理所当然似的答道,"所有人都在讲嘛!"

"所有人都在讲?"

"比如说,买东西时碰到的邻居太太们啊!"

俊一做出闷闷不乐的表情说:"她们都对人生怀有某种不满足感吧?"

"你指什么?"

"不,倒也没什么特别的意思。"

冴子也不再追问,继续说明道:"总之,她们对别人家的事情都很了解,比如:谁家的孩子考上了某所大学,谁家的孩子高中辍学,虽然浪子回头,却只进了三流大学等。"

"真是令人恐惧的谍报网呀!"俊一轻轻笑着掩饰道。

"因为社区就像一座公司住宅嘛!"冴子执着地说道。

"可能是因为很多人家从上一代就住在这里了吧?"

"我常常会产生一种受到社区监视似的感觉。"

俊一把这句容易招致误解的话当成了耳旁风。

"行啦,别人家不都挺好的吗?占部夫人没有去那里骚扰,说明那里还算合格嘛!"

过了立冬之后,天气依然持续温暖。电视天气预报说:"这相当于十月初的气候。"尽管又有人开始担心气象异常,但似乎每年都会听到这种异口同声的忧虑——俊一在回溯自己这几年来的印象。

"今年会不会也是暖冬呢?"

"听说气温与往年持平。这好像是气象厅的预测。"

"去年下雪了吗?"

"下了呗!"

"好几年都没看到积雪啦!"

日历就在这样的对话中翻过了小雪的节气。在十一月结束之后,某天傍晚的餐桌上出现了食品店出售的鳗鱼盒饭。

"今天这是怎么啦?"俊一颇感费解地问道。

"这是怎么了呢?"冴子佯装不知。

"'勤劳感谢日'也已经过去了呀……"

"别问了,你就开吃吧!"

俊一没有继续追问下去,拿起筷子就开始吃饭。在吃了一半的时候,他拍拍膝头抬起头来。

"哦,对了,是阿玉的事儿吧?"

冴子笑逐颜开。

"胜出了吗?"

"九胜六负!"

"哦?"

"让你担心了这么久。"

"没事儿!总之,值得庆贺!"

吃过晚饭,俊一先去洗澡,此间冴子收拾并清洗了餐具。然后,她也在丈夫洗完澡剥柑橘的短暂空当抓紧时间洗了澡。晚间时光就这样总是匆匆忙忙地流逝。在进被窝之前,两人就像惋惜所剩无几的假日般坐在起居室的餐桌旁。

"这一带也发生了不少事儿啊!"俊一看着还没来得及送出去的社区传阅板说道。

"自治会可能也该开始巡夜了吧!"冴子仍没停下织毛活儿的双手。

"这么说来,去年是不是也巡过夜啊?"

"听说,今年还有人提议增加次数呢!"

"真麻烦呀!"

"据说,站前派出所要管辖两千户居民呢!"冴子忐忑不安地继续说,"那里只有两三个巡警吧!其中一人或两人外出巡逻,留下的人也是吃外卖拉面呢!"

"这个社区的安保工作比较薄弱啊!"俊一笑着说道。

"所以才要抽调居民巡夜自己保护自己嘛!"

"'补垒的任务就交给你啦'是吗?我才不管这事儿呢!"

俊一再次把视线投向传阅板。过了片刻,他满脸疑惑地抬起头来。

"不过,像女性内衣失窃、自售机被破坏这些倒还容易理解。可是,自行车棚内留下疑似人类的便便到底是怎么回事儿呢?"

"什么'怎么回事儿'?"

"为什么要在那种地方便便呢?被目击的风险

多大呀！是不是过度作秀啊！说到底，为什么偏偏是自行车棚会遭受那种灾难呢？"

"我哪儿知道啊！"

"真是太奇怪啦！"

"是不是跟过敏有关呀？"俊一表情呆滞地望着冴子。

"你开玩笑呐！"

然后，冴子把话题转向来买香烟的男人们：那些人做出买烟的样子，眼睛却若无其事似的朝屋里窥探。

"你多心了吧？"

"也许是吧！"冴子爽快地承认了，"可是，我觉得每次都是同一个人呀！"

"就因为同一个人每次都经过门前而且要买烟呗！"俊一想用富于现实性的解释缓解妻子的深重疑虑。

"他还在打手机，好像在谈什么事情呢！"

"然后呢？"

冴子停住织毛活儿的双手抬起头来。

"你不觉得怪瘆人的吗？"

"在自售机前一边买烟一边打电话就瘆人吗？"

冴子没回答，又接着织毛活儿了。

"我还听说，有人看见过一个年轻男子把塑料袋捂在嘴上，在附近跌跌撞撞地走呢！"冴子用听似含有怨气的嗓音接着说道。

"这种环境确实对妇女儿童有些危险啊！"俊一已做出要告一段落的姿态。

"你得正儿八经地操心呐！"

"我很操心呀！"

"咱家也有自售机，所以很有可能成为受害者嘛！"

"总而言之，一旦发生什么事情，你就立刻打电话叫警察！"

当天晚上，俊一也读了一段《百人一首》，没过多久就睡着了。社区里发生的那些治安状况也没妨碍他的睡眠。可是，难以入睡的冴子却辗转反侧。丈夫睡得很香，发出均匀的鼻息声，而且不知何时变成了鼾声。丈夫的香甜睡眠让冴子感到特别欣慰，但同时也难免产生羡慕嫉妒恨的心情。有时她还会想到,要是丈夫鼾声大作就捏住他的鼻子,却从来没有付诸行动。

躺在被窝里闭上眼睛,除了鼾声还能听到其他各种响声。在白天时汽车减速行驶的窄巷中,到了晚上却加大油门疾驰而过。急救车的警笛声越来越近,然后渐行渐远。偶尔也会有人来自售机前买香烟或饮料。好像有人扔东西,传来空罐滚动的声音。有人一边固执地咳嗽,一边走了过去。

"所以嘛,关于这一点……"冴子的耳膜清晰地捕捉到一个男子的说话声,可能是正在打手机。听上去措辞不太口语化,于是冴子疑惑地想:他究竟是在谈什么事情呢?

"对了!"

冴子突然想起似的嘟囔了一声,然后从被窝里支起身体,轻轻摇晃睡在旁边丈夫的肩膀。

"我想起来啦!就是电视天气预报啊!"她小声地说道。

俊一发出懵懵懂懂的回应声。

"老向家里窥探的,就是电视天气预报里那个人嘛!"

俊一背过身去用被子捂住了脑袋。冴子从被窝里起来,去了厨房,她用玻璃杯接了些凉水喝下去。隔着磨砂玻璃,朦胧地透进路灯的光线。她随即去门厅旁的房间,取下丈夫挂在衣架上的夹克衫,披在身上,打开门来到了外边。凉冰冰的空气钻进夹克衫,她不由得抓住前襟合紧。然后,她绕着房子周围走了一圈,并没发现可疑情况。既看不到跌跌撞撞行走的男人,也闻不到东西烧焦的煳味儿。她捡起落在自售机附近的空罐放进回收箱,顺便检点了售罄的货品。夜空中寒星闪闪。此时虽然没有刮风,却感到刺骨的寒冷。

冴子回到卧室,俊一依然发出平稳的鼻息声。她钻进被窝,已经冷透的身体暖不过来,她就把毛毯压在了肩膀上。她想:在这种环境里生养孩子可不怎么好,感觉像要出什么事情似的。长此以往地在这里生活下去,恐怕真的要出什么事情。但是,她不知道该用什么方式向丈夫表达心中的疑虑。

第八章

　　时下已到服丧免礼通知纷至沓来的季节。这天早上，俊一做好出门的准备之后，漫不经心地拿起放在电视机上的明信片。这两张明信片是前几天收到的，一张寄自远亲，另一张则寄自高中时代的同学。亲戚那边暂且不说，给高中同学多写一句亲切安慰的话语，想必能够减轻对方心中的哀痛。可是，一到斟词酌句时，他又开始不胜其烦了。

　　高中毕业之后，他只在举行同窗会时跟对方见过几次面。在高中时代，他跟这位同学并不是特别亲近。他又读了一遍明信片上千篇一律的套话："服丧期间，恕不贺年。"那旁边还印着"父亲于某月永眠、享年多少岁"，也是循规蹈矩的词句。对于这种庄重肃穆的、因服丧不贺年的通知，回信应该怎样把握分寸呢？是按照冠婚葬祭范本写些司空见惯的套句呢,还是加入一些个人的哀悼之意呢?思前想后良久没有定论,他又把明信片放回电视机上。

他站在起居室窗边,望着上午几乎晒不到太阳的庭院。从花市买来的南天竹好像已经生根了。现在,从稀稀拉拉的叶片间隙,露出几颗干巴巴的红色果实。

"今天晚下班吗?"冴子一边在起居室餐桌上包起装好的盒饭一边确认道。

"嗯,因为科里举行忘年会,我不能不参加吧?"俊一从衣架上取下大衣并不胜其烦似的说道。然后,他又瞥了一眼电视机上的明信片说:"今年服丧通知好像挺多呀!"

"是啊!"妻子还在忙着给丈夫包盒饭。

前一段时间那种既不像造型艺术也不像绘画作品的盒饭,在冴子妊娠反应期过后就再也见不到了。从俊一自己来讲,他也就没必要在打开饭盒时操心费神地忌避同事们的目光了。在心情放松的同时,他又不免产生了些许失落感。

"不要多喝酒哦!"冴子把包好的盒饭递给俊

一说道。

"别担心！最近,我的身体已经知道把握分寸啦！"

确实如此,自己已好几年没出现过宿醉了——俊一走出家门去车站时再次想到。大学时代自不必说,即使在就业以后,他每月也会有一两次喝酒过量的情况。自斟自酌时倒也不会喝醉,但是跟朋友同事在一起就不那么容易控制了。在那种场合喝酒总是酣畅淋漓,从来没有借着酒劲发牢骚或胡搅蛮缠。虽然以他的性格不会阿谀奉承,但也还能按自己的方式迎合对方。自己是不是有过度迎合对方之嫌呢——他常常在酒醒之后陷入深深的自我厌恶情绪之中。

在摇晃的电车里,他时隔许久又回想起去世的父亲。那是在他就业后不久,几乎不喝酒的父亲被查出食管癌,而且已经到了晚期。父亲没有活过医生所预言的月份,在堪称壮年的岁数就英年早逝了。父亲是当地市政府的公务员,在儿子的眼中是个沉稳而静默甚至虚幻的存在。他对妻子和孩子们别说是动手了,就连高声说话都不曾有过。他虽然常常感到父亲有所欠缺，但在父亲过世之后，那种沉稳和静默反倒呈现出越来越强的存在感。这真是匪夷所思。母亲在老伴儿过世之后，曾在附近超市里做收银员或应聘去亲戚的公司里帮忙，但现在已回到长崎县离岛的娘家独居，就在祖传的耕地上精心种植蜜橘和瓜菜。俊一有个姐姐已在千叶县成家，所以除了偶尔打个电话或在年中、年底寄送礼品之外也没什么交往。

忘年会在闹市区外围一家情趣别致的日式餐馆里举行。据说，这家餐馆是担任干事的高中同学经营的，料理是生鱼片、天妇罗、火锅和河豚鱼的套餐，而酒水没有限制。俊一熟知东京的消费水平，以如此低廉的预算竟能够享受如此豪华的套餐！他不由得心中暗暗感叹。不如说，东京的物价毕竟过高了。根据统计，在全日本生活最富裕的是富山县。这是他从报纸上读到的一位社会学家的见解。不过，如果对物价和居住环境进行全面综合评价的话，或许确实如此。

近来，他感到即使跟别人一起也好像是在独自喝闷酒。这倒也不是因为他沉默寡言。他既可以对聊天的内容随声附和，又可以有针对性地进行提问。然而，他内心当中却静如止水，周围的嘈杂声仿佛相隔十分遥远。尽管周围时不时地响起爆笑声，可他却总是像从睡意蒙眬中惊醒般环视周围。

他对这种现象进行了自我分析：是不是自己对别人的关心变得淡漠了？不过，说起这方面的问题，自己的欲望和意志确实都在日趋淡漠，甚至对自身境遇的关注也都不会长久地留驻。这究竟是怎么回事儿呢？当他刚刚开始展开疑问时，端着酒壶斟酒的坂口向他搭话了。

"今年也给你添了不少麻烦呀！"坂口用拇指和食指夹着酒壶的脖颈一边斟酒一边口齿不清地说道。

"为什么这样郑重其事啊？"俊一端着酒杯打断了对方的话头。

"我一直都很感谢你的关照。你帮我补救了小失误。"

"行啦！喝吧！"他也给坂口斟上了酒。

"我喝！"对方痛快地接受了。

俊一提着酒壶，目光投向杯盘狼藉的餐桌。桌上碗碟乱七八糟，没喝完的啤酒杯已经分不清哪个是谁的了，沾了酱油的湿手巾四处散乱。这时，他突然想起心中挂虑的事情。

"有关松尾先生的情况，后来又听到什么消息了吗？"

对方露出不得要领的表情，过了片刻才好像猜到俊一问的是什么。

"哦，你是说松尾先生啊！"坂口平淡地接过话头，随即漫不经心地说，"听说他已经不在啦！"

"不在了？！他从医院里跑出来了吗？"

"不是。本来他就没住院。"

根据坂口听到的消息，在松尾得知自己已到胃癌晚期时，医生曾告诉他：如果放弃治疗的话，预料还可以活半年。即使采用化疗和放疗延缓病情的发展，余生也顶多只有三年了。反正已经回天乏术了，于是按照本人的意愿放弃副作用极强的现代医学治疗方法，只依靠自身免疫力与病魔做斗争。那时他就下定了决心：辞职回家、专心养生。

"他一直在家中疗养吗？"

"好像是那么回事儿！"

"那他是从家里出走的吗？"

"听说他留了一张字条，说要旅行两三天。"

"家里人还在找他吧？"

"估计是失踪了吧！"

两人不禁面面相觑。

"所谓自身免疫，就是最近流行的按摩指甲和胡萝卜汁之类吧？"俊一打岔道。

"听说，他从前些年就开始练气功了。"坂口答道。

"啊啊，对啦！"

"你知道这回事儿？"

俊一想起，松尾曾在闲聊时提到过这件事情。直到十来年以前，过度繁重的工作所造成的疲劳还都呈现在身体表面，所以能看得出来。因此，制定了工作六天休息一天或工作五天半休息一天半的共同规范。在那段时期，由各个单位或部门组织的休闲娱乐和慰劳旅游等缓解精神压力的方法也行之有效。但是，如今又出现了新的倾向：疲劳和精神压力都蓄积在个人心中，而且其程度因人而异、差别巨大。所以，每个人必须对自己的身心健康状况进行测评，然后总结出适合自己的休闲娱乐方式和频次——松尾说的就是这个意思。俊一当时感佩不已，估计松尾本人就是通过练气功来实践他的一贯主张吧！

"原来如此啊！"坂口听了俊一的讲述，完全赞同似的点点头并问道，"所谓气功就是太极拳之类的运动吧？"

"这个，怎么说呢，我也不太懂啊！"俊一没有把握似的答道，"不管怎么说，他放弃了医生建议的治疗方法，要用自己的方式与癌这种绝症做斗争。真是勇气可嘉呀！要是换了一般人，恐怕会哭求医生千方百计地救他的命呢！"

"听说，他还试用过糙米食疗、中药和针灸等各种民间医疗方法呢！"

"到底还是焦虑过度呀!"

两人说完手头现有的话题,交谈就此中断。但是过了片刻,坂口又拾起了这个话题。

"不过,这真是太奇怪了嘛!人能与HIV(艾滋病病毒)这类病毒共存,却不能与癌细胞共存吗?癌细胞这个东西又不是从外部侵入的,原先就属于自身的一部分,对吧?其原因就是细胞活跃过度而开始无节制地分裂嘛!看来,现代人类已经不能与自身和谐相处了吧!"

"也许就是这么回事儿啊!"

"就说我们公司吧,也是这种状况呀!本来对手应该是在外部,却总是把矛头指向自家人。这是不是一种自身免疫性疾病呢?"

随后,坂口用稍显严厉的嗓音开始讲述引起公司内部热议的合理化措施。有传闻说:今年初秋上任的新老总将要开始新的人事调整,其要点就是把一定年龄以上的工程师从技术职位上解除。"合理化"说起来好听,可在他看来,那只不过是为了通过掐掉技术津贴达到削减经费的权宜之计而已。

"如果公司搞成这个样子的话,就算是结了婚也不敢要孩子啦!"坂口的话头不打自招地涉及个人的生活层面,"我现在在交往的女朋友是个相当有钱人家的小姐。她娘家是木材商,经营着好多家土木建筑公司,员工有二百多人呢!"

"那是够厉害的呀!"俊一暂先随声附和道。

"她从小在教会附属私立女子学校读到高中,又被推荐进入东京的大学,具有宛如绘画般的经历。在那样的环境中长大,怎么说呢……"

"钱少了不行!"

"嗯,是啊!"坂口把酒杯端在嘴边继续说道,"虽说她不是特别讲求名牌,但总觉得包包就要法国的爱马仕品牌、钱夹也要法国的路易威登品牌,这些都是理所当然的事情。她从来不会去优衣库买衣服,也不会在麦当劳那种压价揽客的餐馆里吃午饭,而且讨厌在家庭式餐馆里聚餐。不仅如此,她还跟家里要钱去上福音学堂呢!真是岂有此理!"

"那有什么办法,你迷上那种人了嘛!"俊一笑着说道。

"是啊，真没辙！全都是自作自受呗！所以，她的事儿我得管啊！可是，生孩子我可就力不从心啦！"

"力不从心吗？"

"从她的消费倾向来看，恐怕绝对不会去吉之岛或SATY那种商场去买童装。而且，再加上学习钢琴和英语会话，费用肯定低不了。"

"确实如此啊！"

过了一会儿，坂口长长地叹了口气喃喃自语道："可为什么偏偏是福音呢？"

十二月已到中旬，按照先前的通报，自治会开始组织巡夜了。两人一组，各组在社区内轮流巡逻一个小时。因为巡夜以各个街区分块进行，所以大都由街坊邻居的男人们自己组合。俊一跟一个名叫山崎、在当地大超市里工作的男人编在一组。他看上去五十岁上下，健谈而爽快。

"这玩意儿不错！而且也挺热闹的嘛！"说着，街坊男主人敲了一下梆子。"我从小就喜欢听这种响声。听到远处传来梆子声,躺在被窝里也就感到很放心。我想,即使自己睡着了,也还有人出来在街上为自己巡夜呢!"

他再次豪爽地敲响了梆子。

"您就是本地出生的吗?"俊一问道。

"我是土生土长的本地人啊!"男子做出仔细观察两旁暗处的动作。"这一带的房子如今都变得相当气派了。在我们小的时候,这里几乎都是棚户房啊!那可真是一旦谁家起了火,刹那间就会蔓延到整个街区。家家户户之间房檐挨着房檐,窄得连一个人都挤不过去。所以,大人们总是向我们唠叨:'注意防火。'"

俊一并不插话,只是随声附和。

"那个时候,小学校里有的孩子吃不起盒饭,有的女孩裙子里面不穿内裤啊!"山崎倒也不像是在怀恋往昔,就像叙述昨天刚刚发生过的事情一样继续说,"穷得就连这点儿东西都买不起呀!你们小时候已经不是那种时代了吧?"

"那时候学校里已经开始供餐了。"

"那脱脂奶粉之类的也都不知道啦!就是美军处理的那些难喝的玩意儿。"

"这倒是听别人说过。"

"到底还是比我们年轻多啦!"

两人默默地走了一会儿。那位搭档偶尔豪爽地敲一下梆子。在昏暗的街巷里,梆子声反而响彻夜空。听着梆子声,俊一感到心中越来越空虚了。空洞洞的心房中,只有梆子声轻快而明亮地回响。

"最近这段时期,即使待在家里,夜晚也很难深沉下来呀!"山崎说道。

"夜晚很难深沉下来吗?"俊一愣怔怔地望着对方。

"就是从连锁店到处出现的时候开始的嘛!"街坊表情乖巧地点点头。"那里彻夜灯火通明,而且日常生活用品应有尽有,不是吗?听说,现在的年轻人半夜里耐不住寂寞就去连锁店里消磨时间。可既然寂寞难耐,早点儿睡觉不就行了吗?"

"是啊!"俊一笑着催他继续说下去。

"即使到了夜晚,街道上行驶的汽车也不会减少。"他的语调中透出轻微的厌恶感。"跑长途的大货车都会在夜里赶路,对吧?还有修路工程,过去也都是在白天施工嘛!另外还有回收垃圾车,也是因为白天交通拥堵而无法作业。这些事情不知从什么时候开始都改在夜晚了。而且不光是家庭之外的事情呐!说到近来的电视节目,不也是彻夜播放吗?而且,台上的人们用跟白天同样的嗓门儿对那些乏味的闲话狂笑不止。我儿子是高中生,近来开始在半夜十二点起来学习到天亮。然后再睡上两个小时,再起来去学校上课。如今,日本人的生活真是一团糟啊!"

"说得是呀!"俊一不由得像说相声似的捧哏道。

"所以呢,就应该像这样响亮地敲着梆子,把夜已深沉的情调归还给街道居民们嘛!"说着,他又敲了一下梆子,"其实,还应该边走边高声吆喝'注意防火'呢!不过,那就有点儿太煞有介事了。说起来,最近这段时间已经完全看不到醉汉啦!"

"哦!"俊一莫名其妙地应声道。

"说是醉汉,还是应该叫作快活的醉汉吧!"对方补充道,"虽然单纯因为喝醉酒而东倒西歪的醉汉如今还能经常看到。像你们家门前,不是常有呕吐的东西吗?有一次我早起出门上班的时候,还看见你太太正在清扫呢!"

"是吗?"俊一挠了挠头。

"不过,所谓的醉汉这种家伙吧,应该是边走边唱,或者是大声地自言自语。像我家老爷子吧,以前就是个典型的醉汉。他自己还在私电车站那块儿呢,歌声就已到家了。哦,这是真的呀!他总是唱同一首歌啊!既不像英语也不像日语,稀奇古怪的歌。他说是战争时期在菲律宾学会的。老爷子十来年前就死了。像他那样的醉汉,如今见不到了吧?走到半路爬上别人家房顶滔滔不绝地说胡话,如今的人不会这样做吧?我倒也不是说那样做就好。可是,如今的男人不知道怎么了,喝了酒也很安静。安静地、郁闷地喝醉了酒,然后就突然杀人。"

俊一默默地点点头。

"我家老爷子也总是在晚上喝醉酒。但偶尔会在天擦黑的时候回家来,我虽然还小却也特别高兴呢!我妈也总是笑眯眯地尽量做些好吃的饭菜。吃过晚饭之后,我就跟老爷子玩久违了的相扑游戏。"

山崎说到这里停了下来,本以为他要敲梆子了,可他却意外地静默不动。

"也就是说吧,"他又接着讲下去,"虽说'百鬼趁夜行',但家里却意外地坚实可靠。所以,男人们就得以在外边尽情地撒欢儿。可是,如今已经没有什么合家团聚了,是吧?因为家里阴气太重,所以老公和孩子都在外边缓解精神压力。而老婆自己也在外边找别的男人……是否如此不得而知啊!总而言之,鬼就在家中。不管哪个家庭吧,都饲养着一个或两个魔鬼呢!"

两人默默无语地走了一会儿。

"不过,您太太有喜了吧?"

"预产期是明年四月。"

"令人期待啊!"

"谢谢您!"

"您太太常来呢!"

俊一听到这话一时没反应过来。

"我太太吗?"他多此一举地问道。

"因为是在白天来的,所以我也不是直接见到她的。"山崎预先说明一下,然后措辞谨慎地讲述了冴子的情况。

山崎说,冴子曾经去他家找过俊一。山崎的妻子说:"您先生应该去公司了吧?"冴子脸上就露出狐疑的神色,过了片刻才像明白过来似的说:"啊,对啦。"表情也随之豁然开朗。她为自己突然打扰道了歉,并且掩饰说:"我还以为今天是星期天呢。"说完就回去了。

"因为这种情况已经发生过不止一次了,"山崎心有顾虑地看着俊一,"虽然我也觉得这是多管闲事儿,但我内人对我说:'还是如实告诉先生为好。'"

虽然话说得很委婉,但俊一却怀着与己无关般的心情聆听山崎讲述这件简单明了的事情。他轻而易举地就被拽入近于虚脱的心理状态。与其说他对此事深感费解,不如说某种疏远的、摸不着头脑的感觉更加强烈。他无法明确地想象到,冴子会做出邻居所讲述的那种举动。那真的是冴子吗？有没有可能是邻居看错人了呢？比如说：把占部夫人或者别人看成了冴子……

俊一回到家里，只见冴子依然坐在起居室的被炉桌前织毛活儿。她抬起有点儿浮肿的脸说："你回来啦。"随即接着忙活。在她那平稳的表象之下，到底发生了怎样的失常状态呢？俊一怀着几分畏缩的心情叩问自己。虽说如此，但他似乎也并不打算向冴子本人问出个所以然来。因为一旦把话说出口来，冴子的举动就会变成既定的事实。而如果若无其事地置若罔闻，事态即可免于表面化，危机爆发也会得以延迟。将来，时间可以把自己和冴子载送到别的空间而远离目前的窘境。即使自己不采取任何行动，事态也会自然平息……俊一在心里打着如意算盘，并感到对偶遇街坊时的道听途说信以为真的自己不够真诚。

他去洗脸间洗手，并再次思索山崎说的话：鬼就在家中。不管是哪个家庭，都饲养着一个或者两个魔鬼。我们所饲养的魔鬼又会是什么呢？那个魔鬼在哪里呢?在冴子的心里还是在我的心里呢?水龙头依然开着,俊一望着自己映在镜中的面孔。他猛地扭开脸想道:这真是一张可恶的面孔!近来这段时间,他觉得自己的相貌已变得丑陋不堪。

第九章

大年三十的下午,俊一受冴子委托,早早地就出门去相邻街区的商业街购物。虽说是相邻的街区,但由于他们的住宅就在两个街区分界的附近,所以男人步行用不了二十分钟就到了。这里果然人潮汹涌、熙熙攘攘,他就沿着窄巷在人群中穿行。在街巷两侧,拥挤不堪地排列着许多个体老店。鱼店里摆放着咸鲑鱼和**鰤**鱼,菜店里出售黑豆和栗味薯泥。这里是在空袭中幸免焚毁的老街,所以还保留着战前的容貌。而且,迄今为止一直都没有进行过新的区划调整。

在面包屋和菜店之间有家百元商店,门前的售货车上还摆着古典音乐CD,贴着每张一百零五日元(含税)的大号价签。俊一心想:这准保是盗版碟。他拿在手里一看,却几乎都是卡拉扬和索尔蒂等指挥大师往年的作品,曾被誉为名家名碟,并且由迪卡和德意志留声机等来路纯正的公司出品。在俊一的大学时代,古典音乐CD已经发生了价位崩盘,开始出现每张一千日元或一千五百日元的价格。可不管怎么说,百元一张也太过分了。虽然对谁过分说不清楚,但俊一透过这种廉价甚至产生了某种凋敝颓废的感觉。

他走走停停、左顾右盼,不到一百米长的窄巷走了近一个小时。离开商业街,来到稍宽些的大街上,按照冴子交给他的备忘录购物,此时双手都已被占满。这时,他想喝杯咖啡再回家,于是开始物色合适的咖啡馆。途中还有食品店、服装店和麦当劳快餐店。因为看不到能喝咖啡的店铺,而且累得够呛,于是他走进了快餐店。他买了一杯自助咖啡,坐在感觉很不舒适的椅子上。然后,他朝宽大的玻璃窗外望去,只见街边已有出售门松和"注连绳"(过年挂饰的稻草绳)的小贩了。拉着两轮车售货的几乎都是来自周边乡村的农家老妇。大街上的行人们看上去忙乱之中透着喜气,虽然个别人也许心情格外复杂,但在旁观者眼中仍然显得开朗快活。

俊一想:人真是不可思议!那些在某种魔力驱赶下度过的日子,过后回首再看,却觉得就像是死去了一般。虽然既不是拼死拼活地生存,也不是以死去了的心态生存,但看上去就是名副其实的行尸走肉。自己也曾有过那样一段时期——他一边感受着内心深处不稳定的平静,一边开始捯回追忆的丝丝缕缕。

当他回过神来时,只见一个男子站在便利店门前。他好像要办什么事情,却没有进店的意思。片刻之后,一个正在打工的学生模样的年轻店员出来开始与男子交谈。起先俊一以为店员会赶走那个男子,但是男子向店员点头致意就朝商店后边走去。看来刚才年轻店员是叫他绕到后门去。从俊一的座位看去,坐落在街角的商店前面和后面尽收眼底。过了不一会儿,从后门走出一个店长模样的中年男子。穿着邋遢的男子再次点头致谢,随即接过盒饭、面包和纸袋包装的牛奶。店长模样的男子出乎意料地十分亲切和蔼,可能是把保质期已过、不能出售的食品送给了那个男子。那男子把得到的食品塞进双手提着的两个大纸袋之一。

俊一丢下几乎没怎么喝的咖啡,抓起脚边的塑料袋,动作轻捷地走出了快餐店。那男子向闹市区走去,俊一稍稍拉开距离跟在后边。太阳已经西斜,周围感觉像是开始昏暗下来。也许是因为天空中有云出现,那男子前行的背影也显得愈发浓厚了。他穿着一件相当高档的风衣,也不知道那本来就是他自己的,还是在流浪途中弄到的。不管是怎么来的,那件高档风衣已经没了形,现在就像画布似的遮盖着男子的身体。他的裤子皱皱巴巴,鞋子上沾着茶色的泥浆。从他一只手上的纸袋口,露出了不知从哪儿捡来的旧衣服和布料。男子迈着毫无贪恋的步履向前走去,与他的外表十分相称。

俊一心想:他走路的架势简直就像是在玩味抹消掉自己痕迹所带来的快感。生活了几十年之后,人世间的纠葛和交际关系也都自然而然地增长了许多,心底积淀了类似自我厌恶的沉渣。他并非不知道把那些东西视为废物并统统抛弃会是怎样的神清气爽。不知不觉之间，俊一已开始把曾经的自己与那男子的背影重叠起来了。

那是在经过半年左右的分居生活之后、与前妻商定离婚时的事情。在主动要求来现在的分公司赴任时，他体会到了某种状态终于结束、如释重负一身轻快的感觉。虽说如此，却也没有什么新的开始的预感。不如说煞费苦心地要把过去深压心底的他，时时刻刻都在警惕那些往事再次浮出水面。他开始拍照片就是在那个时候。通过取景器只看想要看的景物——这种随心所欲的感觉正好适合萎靡的心境。他利用那四方形边框，遮挡多余的外界入侵，以此来保护视野。这也是自我完结（自做结论），使寻求他人的回路退化了的人，用于摄取外部光明的装置。

穿过商业街，这里是夹在旧公寓楼和商住公寓楼中间的儿童公园。在凉亭式休息厅里的长凳上，栖居着几个流浪汉。那男子把纸袋放在似乎划定为自己蜗居的长凳上，随即从里面取出从便利店要来的盒饭等食品。周围的伙伴们看到他回来却连声招呼都不打，而那男子也根本不理睬他们。

俊一装出散步的样子走了过去。刚才那个男子头也不抬，专心致志地分拣收集来的食品。长凳上用捆行李的绳子绑着棉被和黑色垃圾袋。在相邻的长凳上，另一个流浪汉裹着棉被正在睡觉。因为只露出后脑勺的头发，所以看不出他是活着还是已经死了。在他的近旁，另一个男子撕开周刊杂志点燃，正要用小炭炉生火。还有的流浪汉用塑膜把长凳围起来挡风，还有的流浪汉支起了休闲旅游用的漂亮帐篷。

那种生活或许也很轻松愉快——俊一在走出公园时这样想到。公园里有厕所，当然，也有自来水管可以使用吧。在凉亭附近的花坛里，取代花卉栽种的是小葱等蔬菜。如今是用一百日元就能买到古典名曲 CD 的时代。也许大家根本用不着辛辛苦苦地干活儿，为国家赚取财富的重任就全权交给少数精英，而其他人只管享用他们的残羹剩饭过日子——或许这种生活方式正在这个社会中扎根也未可知。

俊一思考着这些事情来到大街上。突然,从楼宇间隙吹来一股穿堂风正中脖根,他不由得蜷缩起身体,慌忙抓住大衣双襟,紧紧地合上。从今往后的季节,在无遮无拦的公园里抵御凛冽寒风恐怕不那么容易吧!看上去轻松愉快的生活,毫无疑问会变得严酷难熬。推断出理所当然的结论之后,他不由得苦笑着想道:以为流浪汉生活轻松愉快的自己到底算是什么。

俊一回到家里,只见冴子正在厨房里忙活,便暂先把塑料袋放在厨房地板上。

"辛苦你啦!"她头也不回地说道。

晚饭用的食材已经切好放在小筐里,接下来只需下锅煮熟即可。除此之外,她现在似乎正准备年饭,厨房里弥漫着煮豆的气味,洗碗池边还扣着套盒正在控水。

"你可别累着啊!"俊一非常体恤挺着大肚子的妻子。

"嗯!"冴子快活地答道。

"我帮你做点儿什么吧?"俊一又问道。

"'注连绳'买回来了吗?"冴子反问道。

俊一从塑料袋里取出编成仙鹤形状的稻草绳,而串在竹条上的蜜橘却已脱落在袋底。因为凤尾草跟其他物品装在一起,所以叶片都已经散乱了。

"趁着还没换衣服,你帮我把它挂在门厅里吧!"

俊一取来小工具箱,在门厅侧面钉了一根合适的钉子。他一边钉,一边想起了单口相声的某个段子:老婆叫老公在平房墙上钉钉子挂笤帚,老公就找来一根五寸长的大钉子,结果把邻居家的墙壁都钉穿了。俊一顺利地挂好'注连绳'之后,总算感到自己家也能像普通人家那样迎接新年了。在晚饭做好之前,他就去房间里写贺年卡。往年他都是先写寄往外县的贺年卡,写完后可能是因为有些松懈,速度就开始降低,结果到除夕夜半还剩几十张没有写好。而这回却用了近一个小时就全部写完了。

除夕夜万籁俱寂,渐渐阑珊。虽然已经尽可能地少做,但夫妻两人还是消受不了大锅烩菜。俊一就从熬烂了的菜码中夹出葱段和茼蒿,一边吃菜一边喝啤酒。电视频道调到按照惯例举行的除夕歌会节目，但两人看得并不十分投入。歌手们唱的几乎都是他们所不知道的歌曲，身上穿着俗不可耐的演出服装，还有主持人们乏味的调侃。两人被这些空虚的喧闹冷落在一边，有一句没一句地商讨新年初次参拜的计划。

九点钟过后，俊一用自己特别喜欢的"江户切子"玻璃酒器开始喝日本酒。这时，冴子切好干青鱼子放在小碟子里端来让他尝尝咸淡如何。随后又端来余温尚存的沙丁鱼干，还端来了黑豆并说有点儿发皱了。冴子制作的这些菜肴，在装入套盒之前都由俊一先品尝味道。到了十一点钟，冴子开始煮年夜饭荞面条了。这时，一斤半瓶装的"大吟酿"牌日本酒已经喝掉一半。俊一酒足饭饱，已经再也装不下荞面条了。但他毕竟还想照老规矩求个吉利，于是又跟冴子分吃了一碗。

就在年夜歌会节目结束时，附近寺院传来了除夕的钟声。夫妻俩立刻把电视调到了静音，侧耳倾听那依稀可辨的钟声。俊一想起："除夜"这个词来自江户时代在节假日免用刑罚的习俗。

"咱们去参拜吧!"俊一突然提议道。

"现在吗?"

俊一鼓动说:"步行去平时散步的辩才天神社应该没有问题。"看上去冴子还是不太愿意。于是,他向她讲述了除夕夜的由来。

"至少在今天晚上,咱们也求神免罚吧!"

免罚什么呢?他并没想到自己有什么具体的过失。而且,冴子也没有对此发出疑问。可是,"求神免罚"这种观念却十分熨帖地嵌入他们心中。俊一穿上羽绒服,冴子也围上毛围脖并罩上了厚呢大衣。然后,两人像私奔一样地走出家门。

两人一声不吭地走在黑暗的夜路上。沿着同样的路线,与还有几组像要去神社参拜的夫妻或一家人偕行前往。向神社延伸的石阶各处点着昏暗的灯笼,两人一边注意脚下,一边向上走,只见从面朝大海的正殿到第二座鸟居牌坊之间,已经排上了长长的队列。神社院内各处燃起了篝火,几个神官装束的男子时不时地朝篝火里扔木柴。正殿旁侧摆放着巨大的铁笼，参拜者们都把旧护身符等物抛在里面。

"来的人真不少啊！"俊一环视周围意外似的说道。

"这个时间来参拜还是头一回呢！"

"你不冷吧？"

"嗯，不要紧！"

石阶上的队列前进虽然缓慢，但一直没有停止。近旁有五六个男女正在兴高采烈地谈论新年旅行的计划。可能是因为喝了不少酒，频频暴发的哄笑声开始变得有些刺耳。正在这时，从远处传来什么东西爆裂的响声。

"这是什么声音啊？"俊一看着冴子。

"礼花弹？"冴子说着朝发出响声的方向望去。

周围人们也都说起礼花弹的话题并把脸转向港湾方向。

"好像几个地方都在放礼花呢！"俊一说道。

"辞旧迎新也越来越热闹啦！"冴子用有几分距离感的语调说道。

参拜的人们在香钱柜前祈祷,神社主祭为他们驱邪降福。正殿里面,另一位主祭在诵念祷文。几个男子正襟危坐,虔诚地洗耳恭听。两人好不容易排到了前面,按照传统规矩鞠躬一次、拍手两下,然后双手合十地低下了头。俊一顾及后面排队等待的人们便很快抬起头来,却见冴子仍然垂首合掌,好像还在全神贯注地祈祷什么似的。

做完祈祷之后,两人去社务所前拜饮神酒,又抽签得到了一个"中吉"的达摩玩具。然后,两人就开始在神社周围散步。神社院内参拜香客们熙熙攘攘,篝火和电灯把周围照得亮如白昼。从神社左侧向后院延伸的小路上,排列着数十座红色的小型鸟居牌坊,昏暗的电灯泡在脚边照路。虽然也有很多人朝那边走去,但两人决定就此打道回府了。

"你祈祷什么啦?"俊一边下台阶边问冴子。

冴子考虑了片刻答道:"祈祷你的事情啊!"

"我的事情?"

"祈祷你无病消灾。你呢?"

"我也祈求神明保佑冴子。"

稍过片刻,俊一独自轻轻发笑。

"怎么啦?"

"不,没什么!"俊一避而不答,随即又像改变主意似的坦白道,"好像很难产生祈祷世界和平的念头,是吧?"

冴子没有正面回答,只说了一句:"你我都好好地活着吧!"

第十章

新年伊始,在取代饭桌的被炉桌上,摆上了装有冴子亲手制作的年饭套盒。俊一在商业街购物时获赠的袋茶式屠苏散也泡在酒壶里准备就绪。俊一喝了第一杯斟在红漆酒杯里的屠苏酒,然后回敬冴子。这回冴子只是抿了一小口,两人随即开始吃烩年糕。

因为正月假日也没有客人来访,家中显得格外安静,两人便一边浏览早早送来的贺年卡,一边谈论远方亲朋好友的情况。面朝街巷的厨房磨砂玻璃上,映照着新春的朦胧阳光。预制板院墙的角落里,孤零零的山茶树上缀着红色花蕾。没有汽车行驶的正街比平时的星期天还要安静,幼童们往来于小巷中的欢声笑语,更衬托出正月里的闲适。

俊一从上午就开始喝酒,此时醉意袭来,不知不觉就在起居室的被炉桌旁打起盹儿来。当他一觉醒来还没搞清现在是白天还是黑夜时,却见冴子正在补写尚未寄出的贺年卡。

他慢吞吞地坐起身来迷迷糊糊地说:"春天来啦!"

"你怎么啦?"冴子以为他在说笑话,把视线从正在书写的贺年卡上抬起来。

"难道不是春天来了吗?"俊一郑重其事地重复道。

"那当然是春天来啦!"

他透过窗户看了看狭小的后院,山茶树篱上绽放着淡红色的花朵。再过不久,就该到绣眼鸟等野鸟飞来的季节了。他想:今年也要把老家寄来的蜜橘穿在树枝上给小鸟喂食。这已成为迁居至此以来的小小乐趣。去年大都是长尾鹊先来啄食蜜橘,而胆小的绣眼鸟则要等到那些专横跋扈的鸟儿离开之后才敢回来。它一边东张西望地警戒周围,一边啄食剩下的橘皮,还把长嘴伸进山茶花里。虽然俊一曾驱赶过几次长尾鹊,但因为绣眼鸟也会被吓跑,所以并没有什么实际意义。就在他苦苦思索欲觅良策之际，野鸟们的身影却已消失。

他伸长脖子抬头远望，只见房檐对面展现出新年的晴空。那种碧蓝稳静而澄澈，令他想起生活近十年的东京的正月。即使是在东京都内，可能因为正月头三天内汽车较少的缘故，只要天气晴好就能看到美丽的蓝天。他还曾站在公寓阳台上望见过遥远的富士山。当时的那个男人还继续在东京生活并仰望正月的天空吗？他心中冒出这种奇怪的疑念。他开始被轻度的离人症（现实感淡漠、脱离自我）似的感觉控制。幡然梦醒回到现在，耳畔响起冴子在被炉桌上笔走龙蛇的响声，而那个男人的远影已向寒冬的天边飘去。

由于晚饭稍微提前了一会儿，所以两人穷于打发晚间时光。俊一说正月假日里的电视节目枯燥乏味，预先租来了几种软件。可冴子却不看电影，而是取出了古韵十足的百人一首诗牌。

"好不容易过个年，咱们玩会儿猜诗牌吧！"

"没有人念诗牌怎么玩儿呀？"俊一想逃避。

"我来念上句,你来接下句!"冴子十分少见地强迫道。

"那怎么行?我只记得《田子浦》那一首啊!"

"你不是在看《百人一首》的书吗?"

"那跟猜诗牌没关系嘛!"

冴子不予理睬,开始诵读天智天皇的诗歌:"秋日稻田边,茅棚守夜人。草帘不遮风,寒露湿衣襟。"

"听你这么一说,我还一直对'蝉丸'耿耿于怀呢!"

"你别打岔儿!"冴子毫不留情地制止道。

"你上专科的时候在诗牌游戏部待过吧?"

"进诗牌游戏部是在上高中的时候嘛!"

"原来如此啊!那我来念吧!把诗牌给我!"俊一想从冴子手中拿走诗牌。

"不行!我早就都忘光了。"这回是她表示了拒绝。

俊一强行抢夺,诗牌散落在被炉桌上。两人都没有责备对方粗鲁,开始收捡那些画有身穿鲜艳服装作者像的唱诗牌。

俊一捏起其中一张煞有介事地说："持统天皇身穿十二重礼服恐怕是时代考证的错误吧！因为《万叶集》的诗人们都穿着平安朝的服装嘛！"

"书里是那样写的吗？"冴子洞察一切似的问道。

"嗯，是啊！"俊一挠了挠头。

"你刚才说起'蝉丸'了，对吧？"

"嗯。"

"'蝉丸'怎么啦？"

"'蝉丸'的名字太奇怪了嘛！"

"是吗？"

"因为其他诗人都是比较正规的名字啊，例如：藤原某某啦、某某天皇啦！"

"'猿丸大夫'也挺奇怪吧？"

"因为大夫是职务名称嘛！"

"'伊势'呢？"

"那是伊势太守的女儿呗！"俊一不胜其烦似的解释并赶着下结论，"不管怎么讲，'蝉丸'这个名字太奇怪啦！"

"嗯，是挺奇怪的呀！"冴子也四舍五入地赞成道，"这到底是个什么人呢？"

"根据书上所讲，这可能是个传说中的人物。唉，很一般的结论吧！"

然后，两人便开始品评这首诗如何、那位诗人如何了。

"如此看来，其中有不少都是爱情诗啊！"冴子说道。

"这也许是藤原定家的爱好呢！"

"书上是怎么写的呢？"

"怎么写的呢？"

"和泉式部的这首诗，以前我就特别喜欢。"

冴子把一张诗牌放在餐桌上。俊一只用眼睛快速阅读了一遍："病榻孤冷衣带宽，残命无多今生短。只为来世长相忆，切盼与君再缠绵。"

"这首诗真是太啰唆啦！"他想到哪儿就说到哪儿。

"如果把它当作卧病在床时送给情人的诗句来读，应该会感到其中包含着爱情的苦闷吧！"

"作为临终前的诗句,这样是不是艳情过度啦?"

两人争论了一阵之后,又重新诵读了这首诗。

"现在再读一遍,感觉有点儿害羞哦!"冴子流露出与刚才有所不同的神情。

俊一不由得看了一眼妻子的脸庞,觉得从那迷茫目光到嘴角总是平淡的表情中浮现出少女的风貌。他开始想象冴子高中时代的模样:在课间休息时记单词的她、低头凝视抢诗牌的她……想必她那时眼疾手快,可现如今好像也只是个碌碌无为的女人了。

正月第二天的下午,妹妹和妹夫来了。四个人坐在起居室里,一边吃年饭,一边摆起了龙门阵。俊一告诉阿泉:"以前常常出现在庭院里的野猫领来了两只出生不久的小猫仔。"

"那是一只黑白相间的日本猫。我想,反正它也没有主人,就随便给它起了个名字叫'山田科长'。却没想到,它居然是只母猫!"

"为什么叫'山田科长'呢?"阿泉笑着问道。

"我总觉得模样很像啊!"

"虽然是只母猫吗?"

"真是匪夷所思呀!"

两个女人一齐笑了出来。敏夫正在专心致志地观看电视转播的公路长跑接力赛。

"登山好像挺辛苦的呀!"俊一似乎兴趣并不十分浓厚地说道,随即拿起酒壶给妹夫斟酒。

"谢谢!"敏夫轻轻地点了一下头。

"前几天电视里播放《野菊之墓》啦!"俊一给自己杯中也斟满了酒,并舌头发硬地继续讲述,"那个男主人公学生是由笠智众扮演的。当然,那时他还相当年轻。不过,他以前扮演的'柴又帝释天寺'住持的形象过于深刻,所以很难再冷静地把他当作学生看待。我总是忍不住想问问他:'寅次郎怎么样啦?'"

"不是在说猫咪的事儿吗?"冴子从旁边插嘴道。

"你等一下!"俊一做出用手制止的架势,"马上就会说到。"

"然后呢?"阿泉一边从套盒里夹菜,一边催促道。

"也就是说,要想抹掉曾经铭刻于心的形象是十分困难的事情。虽说以前被错当成公猫的'山田科长'带着孩子来了,那也不能说:'我明白了,从今天开始你就是山田夫人了吧?'"他随即转向冴子说,"你瞧,是不是说到猫咪的事儿啦?"

"那今后又该叫它什么呢?"阿泉把菜分在小碟子里放到敏夫面前问道。

"就叫山田吧!"

女人们再次齐声笑了起来。

"我想,这说不定也是某种吉兆呢!"俊一喝干了杯中酒继续讲道,"我从便利店买来猫食让它吃。可是,猫食为什么就那么贵呢,说不定比人吃的食品还要贵!要是猫咪也有家庭账本的话,恐怕会显示出异常的恩格尔系数吧!"

"你要是给猫咪支出伙食费太多的话,咱家的恩格尔系数也会过高哦!"冴子说道。

"接得妙!"俊一夸张地拍了一下膝头,"奖励坐垫一个！"

"要是把它喂熟了的话，以后麻烦可就大啦！"冴子提出忠告并继续辩解，"到了发情期，那叫声会吵死人。而且还有异味……街坊邻居抱怨起来我可不管！"

"就连释迦佛祖都教诲我们要爱护动物，不是吗？"

"是吗？"阿泉问道。

"我觉得好像说过。"俊一不太自信地改了口。然后，他告一段落似的说，"总而言之，这就算是一种积极的隐喻吧！只要好好地招待它们，总是会有好报的嘛！"

女人们趁这个机会拿起用过的餐具去了厨房，俊一把视线投向阳光开始暗淡的庭院。当他把视线转向电视机时，公路长跑接力赛已有几个队冲过了终点。第一天的赛程即将结束，敏夫还在热心地观战。这位沉默寡言的妹夫很少主动开口说话。如果向他搭话也会应答，如果向他劝酒也会照喝，如果用小碟子盛菜放在他面前也会照吃。不管喝多少酒都不会醉，不管吃什么都不说好吃，也不说难吃。

过了一会儿，电视里开始播放广告，那是公路长跑接力赛的赞助商汽车公司在新春推出的家用轿车。夫妻和两个孩子的典型家庭笑逐颜开地驾车出游……突然，电视频道变了，不知何时走进房间的阿泉手里拿着刚才放在桌上的遥控器。

"你干什么嘛？"

敏夫不满意地瞅了媳妇一眼，但也没再说什么。

夜已深，阿泉夫妻俩准备回去了。在出租车到来之前，两个男子在起居室里一边剥橘子吃，一边喝茶。冴子在厨房洗刷餐具，挽起袖口的阿泉站在她旁边。

"你别管啦！去坐着吧！"冴子说道，"这儿地方太小，两个人没法儿干活儿。"

"姐姐不是一直站着吗？还是我来洗，你坐下歇会儿吧！"

"出租车马上就来，你准备好了吗？"

阿泉似乎不好意思离开,她用擦碗布擦干冴子洗好的餐具,并开始收进橱柜。她停下手来,乖顺地说了声:"谢谢。"

"谢什么呀!"冴子漫不经心地说道。

"我本来想收个养子,"阿泉用心情烦躁的语调说起了这种事情,"只要在一起生活惯了,就应该跟自己的孩子没什么两样吧!可是他不愿意,说不想抚养别人的孩子。我俩吵了好几次呢!"

冴子心不在焉地听着妹妹说的话。

"姐姐这儿怎么样?"

"什么怎么样?"

"没提过收养子的事情吗?"

"我老公好像从来都没有考虑过那种事情,"冴子凄凉地笑了笑,"而且从来都不想要孩子。"

"我无论如何都想要个孩子,"阿泉语气急迫地说道,"我从小时候就一直在想,有朝一日必须结婚做母亲。"

"嗯。"冴子轻轻点头。

"所以,当我知道自己不能生孩子的时候打击太大了，简直感到自己就像变成了残次品一样。"

"你真傻呀！"

"想到自己这辈子只能在商厦里做化妆品推销员，我实在无法忍受啊！"

冴子关掉热水，用围裙把手擦干，然后朝门外望了望。

"出租车怎么还不来呢？"

"我真的很感谢姐姐！"阿泉纠缠不休地继续说道，"简直难以用语言表达。"

"你别再说啦！"冴子用稍稍严厉的语气搪开了妹妹的话头。

阿泉有些困惑地瞅了瞅姐姐的眼睛，然后像告诫自己似的说："我打算在孩子出生长大以后，就把真实情况告诉孩子。我想，孩子一定能理解我。"

"没问题！一定会很顺利！"冴子转向带着哭腔的妹妹说道，"你别担心，孩子现在的状态很好。"

"谢谢！"

街上响起了汽车鸣笛声。

"好像出租车来啦！"说着，冴子又做出向外观望的姿态。

　　阿泉用指尖抹去眼泪,随即返回了起居室。冴子目送阿泉的背影,望着妹妹苗条的腰身,她在一瞬之间强烈地感到自己像被剥夺了存在的空间一样。

第十一章

阿泉曾一度被逼入困境。她接受子宫摘除手术是在两年之前。在医院检查疑虑重重的子宫肌瘤时,被怀疑为恶性肉瘤。虽然医生说只要摘除子宫就没有问题了,但她自己迫切希望保留子宫。于是她决定每隔数月定期检查细胞组织,但细胞组织检查的结果却不容乐观。根据等级分类,良性与恶性的可能性各占一半。医师以长远的眼光考虑,建议实行子宫全切。理由是这样处置可以避免在担心癌变的恐惧中生活,而且做手术可以保留卵巢,所以不会导致激素等内分泌水平的变化。

在医师和丈夫的劝说下,阿泉终于决定接受手术。她在下决心接受手术的同时,也放弃了要孩子的打算。她说服自己:因为有很多女性也并不想要孩子。然而,当她接受手术之后,才发现不想要孩子与不能生孩子区别很大。她想：这种区别只有当事人自己才能心知肚明。

有一天，她在下班回家途中等绿灯时，看到高楼大厦窗玻璃上映出晚霞的光芒。林立楼宇的窗户在嫣红的夕阳晚照中熠熠生辉。霞光还落在行道树上，把随风摇曳的片片树叶辉映得金碧辉煌。时装商厦的一楼有家花店，五颜六色的鲜花开满了角角落落。来来往往的行人们都显得那么高高兴兴，那么心满意足，那么幸福。突然，她被一种无法抑制的空虚感笼罩，心底开裂出巨大的空洞，自己像要被吸入其中。她被这种无法逃脱的空虚感击垮，感到自己在这个世界上生存的正当依据已经被剥夺。

没有生孩子的女人尚未成熟，而且从人格上讲还不能算作完整的成年人——这种世间常识也形成了无言的压力折磨着阿泉。每当听到有孩子的同事安慰她说"有了孩子太辛苦哦"的时候，她的孤独感就会倍加强烈。她羡慕有孩子的女人们，这种羡慕既近似于嫉恨，又近似于自我厌恶。在超市里看到肚子鼓起来的同事时,她连招呼都不想打,像逃跑似的离开。敏夫看到她没买东西空手回家不免埋怨几句,她只好撒谎说超市今天临时停业。

她曾一度怀孕流产,这种经历使她想要孩子的愿望更加迫切。阿泉是在怀孕第四个月时流产的。在检查被认为造成流产原因的肌瘤时,恶性肿瘤的疑虑就更加强烈了。阿泉回顾已经过去的日日夜夜时想道:那个时期真幸福啊!在休班时去商厦的宝宝用品专柜流连忘返,把婴儿服和小袜子拿在手上看得出神。可是,在做手术之后,别说是宝宝用品专柜了,她就连看到幼童都不愿意接近。

当时阿泉曾突然提议搬家,而敏夫却把阿泉的希望抛在一边根本不予理睬。他们搬进这座半新的公共团体公寓还没过一年时间,不仅区位环境好,而且是以近于底价的价格达成了购房合约。这套房子买得相当划算,敏夫特别得意。可是对于阿泉来说,这里的环境却令她无法消除痛苦。这里像住宅小区一样由几座公寓楼构成,因为每座公寓楼都是五层到七层的中低层建筑,所以入住者以育儿期的年轻夫妻为主。到了五月五日端午节,大家竞相在阳台上挂起鲤鱼旗幡。而且节假日待在家里时,从早到晚都能听到幼童们的欢闹声。阿泉听着那些声音,常常发作性地想从阳台上跳下去。

失去子宫所带来的丧失感与身体变得不能生育所带来的残缺感,渐渐地蛀蚀了她的心灵。她工作时表面在向顾客推销增强女性魅力的化妆品,而内心却被难以言喻的自卑感折磨得痛苦不堪。她觉得没有孩子的自己毫无价值可言,深深地陷入在精神上自我封闭的状态。在那段时期,她每天晚上都一边冲淋浴,一边放声大哭。

对于发生在媳妇身上的这种精神危机,敏夫并未及时察觉到。而阿泉自己也下定了决心:这道难关必须由自己来克服。但正是这种任何事都由自己独立解决的姿态,反倒将她逼入困境。敏夫发现阿泉精神状态异常,是在做完子宫全切手术过了半年之后的正月。在当时寄给阿泉的贺年卡中,有好几张印着刚出生宝宝的照片。阿泉就在敏夫眼前,面不改色地把那些贺年卡撕得粉碎。敏夫惊慌失措地向阿泉询问原因，她终于开口讲明了自己内心的纠葛。

正月一过，两人就去了专门治疗不孕不育的诊所，为的是详细咨询代孕代产的可能性。根据面谈的医师所讲，方法有两个。第一个方法是：用丈夫的精子给代孕女性进行人工授精。这种方法由于采用来自代孕母体的卵子，所以从遗传学来讲，出生的孩子应该属于丈夫和代孕母亲的。据说，很多夫妻都对此有所抵触。而另一种方法是：让妻子的卵子与丈夫的精子在体外受精，然后将受精卵植入代孕母亲的子宫内，因而被称为"寄孕母亲方式"。在这种情况下，由于使用的是夫妻俩的卵子和精子，从遗传学来讲孩子仍属于夫妻俩，因此被认为很少产生伦理性问题。

检查的结果，夫妻俩的精子和卵子都没有异常情况，可以进行体外受精。两人决定采用"寄孕母亲方式"。不过，这里还有个问题：在日本，并不存在管制人工授精和体外受精等辅助性生殖技术的法律。但是，根据日本妇产科学会报告所提出的自主管制条例，也可以说这种技术实质上是被禁止实际使用的。当然，也有些医师无视学会的指导方针，通过体外受精将夫妻的胚胎植入妻妹的子宫，并一时成为热议的话题。但如果真要采用这种技术的话，恐怕还是得依靠国外的医疗机构吧！

最为稳妥可靠的做法就是去辅助性生殖技术较为发达的美国接受手术。如果采取这种做法的话，就得通过国内的中介在美国寻找代孕代产的女性。这样虽然可以省去自己寻找代孕代产女性的麻烦，但费用会高昂许多。首先，夫妻俩必须前往美国接受体外受精手术，要在美国逗留十天到二十天。另外，在十个月后代孕女性分娩时，夫妻俩还要去现场见证分娩过程。在办完认领新生儿的手续之后，整个程序才算完成。据说，多次赴美的路费、住宿费以及向代孕代产女性支付的各项报酬相加，最少也得花费一千万日元。

由于这个缘故，近年来去韩国接受手术的夫妻有所增加。在那个国度里，可能是受儒家思想影响较深，还保留着结婚女性负有生儿养女义务的社会观念。因此，作为治疗不孕不育症的一个手段，对代孕代产给予认可的氛围较为浓厚。而且，现如今那里仍未出现与此相关的法律规定。由于交通费低廉，所以手术费用也只需数十万日元足矣。阿泉的主治医师说："如果夫妻双方都有这种意愿的话，实施手术的医院可以由他自己来介绍。不过，因为那家医院并没有寻找代孕代产女性的中介，所以委托人必须自己寻找。"

"委托的对象大都是什么样的人呢？"阿泉问道。

"半数都是委托人的姐妹吧！"医师漫不经心地答道，"好像还有朋友啦、侄甥等亲戚之类。"

夫妻俩跟代孕代产的女性一同前往韩国，然后在当地医院首先将夫妻的精子和卵子进行体外受精，随即植入代孕女性的子宫。据说，很多人都是做完植入手术立刻回国。在这种情况下，妊娠的确认等事项就得在日本的医院里进行。如果怀孕成功的话，此后直到分娩的整个监护过程就都可以在国内医院里进行了。

对于委托人和被委托人来说,这都是十分难以解决的问题。

"虽然你是我的姐姐,可这种事情我实在不好意思开口啊!"阿泉可怜兮兮地说道,"负担还是过于沉重了嘛!我明白这是强人所难的事情。可是,我希望你哪怕是稍微地考虑一下都行。因为无论是怎样微小的可能性,如果稍加忽视就会带来遗憾。我倒也并不是百分百的期待,所以如果不行的话你就别应承。那样的话,我也会自然而然地忘掉今天这件事情。"

阿泉采用了这种微妙的请求方式。然后,她更加压低了嗓音。

"我不打算去美国接受手术,"她用前途迷茫的语调接着说道,"虽然也有费用高昂的问题,可是,让自己的孩子在素不相识的女人,而且是外国女人的肚子里长大,毕竟还是难以接受。说不定,到头来还是得放弃要孩子呢!"阿泉抬起头来凄凉地笑了。

"敏夫是怎么说的呢?"

"他说他尊重我的想法。"

冴子想说"真是不负责任",却把已到舌尖的话语咽了回去。她改口问道:"你能放弃吗?"

阿泉没有回答,视线在远方彷徨,似乎正在寻找适当的词语。过了片刻,她好像在沉默中找到了出口。

"虽然我已经摘除了子宫,再也不能生孩子了,但是我感觉不应该由我独自承受这种痛苦。"她用明快得有些不太自然的嗓音说道,"我在去专科诊所咨询不孕不育治疗和代孕代产之后,心情变得轻松多了。因为我了解到,承受这种痛苦的不只是我一个人。"

虽说阿泉是在婉转地协商,但也跟强迫差不了多少。对于协助妹妹妹夫生孩子本身,冴子认为既没有什么不自然,也不是什么违背道德的事情。正因如此,世界上才会有得到全社会认可的国度嘛!如果这只是属于自己个人的事情倒也可以应承下来,可她还是担心俊一的反应如何。俊一也许不会制止吧！从他的性格来看，应该不会说出"不能同意"之类的话来。

在向俊一提出这件事时，冴子一直保持着距离感。说到底，这都是别人家的事情。妹妹妹夫好像在考虑采用代孕代产的方式——她就用这样的说法点到即止。

"阿泉那么想要孩子吗？"俊一的说法让人琢磨不透他的真心。

"像是想要吧！"率先提起此事的冴子反倒变成了探询的语调。

"冴子也想要孩子吗？"

"咱们不是说好了不要孩子才到一起的吗？"冴子不无自嘲地岔开了俊一的提问。

也许是心理作用，俊一觉得冴子的表情看上去年轻了许多。

"那倒也是呀！"俊一像在琢磨什么似的继续说道，"自己能生孩子，可是妹妹不能，所以你就愿意替她生，是不是啊？"

冴子低头不语。

"恐怕还有来自敏夫家的压力吧!"俊一绕着弯子甩出这么一句。

"阿泉又不是得了什么不明原因的不孕症,而是明确的恶性肿瘤。所以,她也是迫于无奈嘛!"冴子似乎在强调这是别人家的事情。

"可是,她的处境一定很艰难吧!"

"你没有必要同情吧?"

"因为如果问题的原因是在女方的话,受到的责难就更会严厉了嘛!"俊一仍如往常那样懒散地阐述他的推论,"因为在这方面,社会还没有达到那么开明的地步啊!"

话头在此中断,一阵尴尬的沉默降临在两人之间。冴子眯着双眼,像眺望远方似的望着房间角落。当那视线变得形单影只并感到连自己的存在空间都岌岌可危时,她进一步提出了实质性的问题。

"你怎么想?"

"什么怎么想?"

"我替阿泉两口子生孩子的事情。"

俊一表情犹疑不决地沉默了片刻,然后答道:

"如果冴子愿意那样做的话，我就觉得可以。"

"我生下阿泉他们的孩子也可以吗？"

"你想生吗？"

听到俊一这样问，冴子又拿不定主意了。她很想为了妹妹而接受代孕代产的请求，但在内心某个角落却有另一种意念蠢蠢欲动，十分希望从丈夫口中听到明确拒绝的言辞。可俊一看上去却像是要坚决保持旁观者的姿态。

"如果你觉得可以的话，我就想替阿泉生孩子！"

冴子不明白自己怎么会说出这种话来。当她说出来之后，却又马上想取消刚刚说的话，好像这句话非出己愿，而是别人借她的口说出的道白一样。

"我不反对啊！"

当她从丈夫口中引出似乎有几分草率的应允时，立刻体味到仿佛被一阵街风横扫的失落感。

两对夫妻进行了多次协商，首先是与法制相关的问题。根据现今的民法规定，实际分娩的人被认作法定的母亲。那么作为"代孕母亲"的冴子，就是孩子的亲生母亲。当然，对于具有婚姻关系的俊一来说，孩子也就应该被视为他的嫡出之子。因此，阿泉夫妻将来就必须提出申诉，要求进行养子过继的判决。而冴子两口子则需要通过代替出生的孩子承诺以使过继契约成立。在这种场合下，户籍中将会留下亲生父母即冴子和俊一的名字。因此，从法律上来讲，他们就是孩子的亲生父母，而提供配子的敏夫和阿泉则会成为养父母。对于这套手续，两对夫妻之间已达成共识。

另外，在怀孕期间发现孩子有残疾又该怎么办呢？在孩子出生之后发现有残疾又该怎么办呢？有很多问题必须事先就准备好解决方案。对于预测到的每个问题，四个人都准备了他们认为最为妥当的解决方案。在协议过程当中，敏夫几乎没有主动发言过。他始终保持着局外人的姿态，似乎只有他自己身处不合时宜的场所。俊一和冴子都对他这种态度心怀不安：他是不是在内心深处并不接受这种做法呢？会不会还保留着勉为其难的想法呢？要不就是他们夫妻之间还存在着某种隔阂尚未得到弥补也未可知。正因为这个问题十分微妙，所以必须消除哪怕是极其微小的龃龉。不过，无论是俊一还是冴子，恐怕就连阿泉都没有办法让敏夫说出真心话来。

最后俊一要求达成了共识的事项——无论何种原因，有关在妊娠或分娩过程中发生的意外事故，双方都不能责怪对方夫妻。对于这一点，他用略微强硬的言辞促使犹疑不决的敏夫也做出了明确的承诺。关于酬谢的事项，双方都没有提出。俊一决定：除了做手术的费用之外一概不予接受。冴子好像也是同样的想法，而敏夫心里怎么想则不得而知。

"你拿着吧！"

在会面的茶馆里，阿泉把一本银行存折和一张提款卡放在餐桌上。俊一顺从地打开存折，只见里面记载着五百万日元的余额。他把存折合上，又放回了餐桌。

"这是怎么回事儿啊？"

"我并不是想拿这个当作酬谢，也不是想拿这个当作补偿，"阿泉像发射连珠炮似的说道，"姐姐的想法很真诚，我也完全清楚这不是金钱的问题。

但是，我知道十个月的妊娠期间会给姐姐带来很多不方便。妊娠期间定期检查的费用另当别论，但是不方便坐公交车就得打出租车，不方便自己做饭就得叫外卖，那样一来费用就会增加。所以，姐夫就把这笔钱收下吧！"

"敏夫君也知道这事儿吧？"

"那当然！这都是他挣的钱嘛！"

俊一呆呆地望着放在餐桌上无人受领的存折扪心自问：自己有资格拒绝这笔钱吗？他无法拒绝阿泉两口子想借用冴子的子宫得到孩子的愿望。而实现这个愿望，需要借助一种高端的辅助性生殖技术，即通过体外受精将所得胚胎植入第三者子宫。对于这一做法，他之前曾拒绝过前妻。

已经开始启动的齿轮，超乎当事人们的预料不停地旋转起来。针对体外受精的药物治疗开始了。阿泉必须接受采卵手术，而冴子则必须将子宫调整到适合人工受孕的状态，两人都必须具备相应的身体条件。而且，在前往国外的日期到来之前，必须将双方母体的周期调整到完全一致。这个准备过程耗费了几个月时间，在五月黄金周过去之后，冴子跟阿泉夫妻一起前往韩国。首先要采取阿泉夫妻俩的精子和卵子并进行体外受精，数日之后再把分离的受精卵植入冴子的子宫。

在胚胎移植的时候，俊一也须到场见证。通过显微镜观察受精的受精卵共有十二个。先把其中四个植入子宫，再把其余八个分成四个一组冷冻保存，以备首次妊娠失败后使用。由于在受精卵着床成功率较高时会出现双胞胎或三胞胎，考虑到妊娠和分娩过程中的风险以及冴子的身体负担，他们又进一步做出决定：可以酌情实施减少胎儿数量的手术。

在几个星期之后的尿检中，确认冴子出现了妊娠反应，并判明胎儿的数量是一个。

第十二章

早上,冴子在洗脸时不经意地瞅了一眼镜子,觉得好像看到了母亲的姿容。最近一段时期,这种情况频频发生。在睡觉前照镜子时,就看到母亲站在其中,带着几分悲伤的神情目不转睛地盯着自己。这倒也不是因为她把去世母亲的面影重叠在镜中自己的脸上,至少她自己的感觉虽然只有一瞬间,但镜子里映出的就是母亲本人。

母亲在她刚进大学的那一年就去世了。由于母亲从她初中时期就开始频繁地住院、出院,所以她早有心理准备,悲痛感倒也不是特别剧烈。母亲在去世后从未在冴子梦中出现过,但她也不曾对此感到有所缺憾。本来她就对魂灵之类没有太强烈的感应,并对这方面的说法没有什么兴趣。亲戚们惋惜四十来岁就撒手人寰的母亲,怜悯此时还是大学生和高中生就失去母亲的姐妹俩。但是，冴子自己在悲痛中却还包含着某种事体终于完结的奇妙解放感。与其说是丧失感，不如说更接近于虚脱的心境。她觉得此前包藏自己思绪的外壳訇然破裂开来，心中有一种被掏空了的感觉。当然，悲痛和凄苦的心情也并非没有表露，但也像是沙画曼陀罗一般，偶然吹来一阵风也就四处飘散了。

对于"孤独"这个词，她没能习以为常。抑或由于她对"孤独"这个词过度习以为常，以至于无法清晰地判别。对于在多愁善感的初、高中时代几乎每天去医院陪侍母亲的她来说，孤独和凄苦本身就是母亲和自己的生存状态。在漫长的治疗期间，母亲的病情时好时坏、反反复复。当母亲病情恶化时，她就会感到迈向医院的脚步格外沉重。但是，一旦踏进病房，浑身沾满病魔和消毒液的气味时，她又会感到这个冷冰冰的空间正是自己的位置，还会感到在这里悄然流淌的正是原原本本的时光。与此相反，她感到学校里的喧嚣从快活的意义上讲则完全与己无关。冴子怀着对于快活的狂热和无忧无虑的残酷性的恐惧心理,从阴森森的病房里观望同学们的一举一动。

那个时期的静默和冷寂,犹似海流从高纬度海域运来的冰水,如今仍然盘踞在她的体内深处。在日常生活中偶然有所触碰时,她便会感到母亲的存在。她强烈地感到,去世母亲的存在就像在自己体内脉动的胎儿。

即使是现在,冴子也不认为自己做出了错误的抉择。但是,倘若质问她对此抉择是否心满意足时,她却没有自信确切地做出肯定的回答。在她心中并非没有希望生育小宝宝的模糊意念,可是即将出生的小宝宝毕竟属于妹妹妹夫的。小宝宝出生后就要办理养子过继手续,交由他们去抚养。即使在户籍上是属于自己的亲生孩子,但从遗传学的角度来讲,就应该是自己的外甥了。无论是妊娠还是分娩,都会给自己带来剧烈的不适和痛苦,有时甚至伴随着生命危险。当她考虑到自己是否真心情愿为了替妹妹妹夫生孩子而承受如此重负时,再次感到茫然不知所措。

胎儿进入第七个月份，即使穿上宽松的衣服，乳房下鼓凸的肚子也已相当显眼了。自己子宫中孕育的是自己的外甥，这种事情实在太奇妙了。她常常会对妹妹产生迄今为止从未意识到的情绪：尽管自己的身体变得越来越笨重，可孩子未来的母亲却依然那么窈窕婀娜，继续过着轻松自在的生活。而且，他们还将免遭痛苦地得到自己的孩子。当冴子把自己的处境与他人进行对比时，感到似乎会对妹妹产生轻微的怨恨。

而另一方面，她也会陶醉在甜美的优越感之中。她孕育的小宝宝在腹中活泼好动，一天强似一天地宣示自己的存在。胎儿在用小脚丫用力踢蹬她的肚子，这种感触以及乳房的憋胀感阿泉本人绝对无法体会。妹妹的子宫根本没有机会享受孕育生命时的满足感，她的乳房也不会有饿肚子的小宝宝嗷嗷待哺。对于这种近于残忍毒辣的情绪，冴子并没有主动地加以抑止。为了保持心理平衡，她需要这种情绪。

她发现自己好像愣了一会儿神。当她仍然把臂肘支在起居室被炉桌上转向临街的厨房时，只见磨砂玻璃上映照着淡淡的冬日阳光。此时没有暖和气息的厨房，看上去阴森森、冷冰冰。近来，俊一连续多日都在九点钟或十点钟之后回家。尽管本人说是在做收尾工程，却并未告知冴子他所做的具体工作内容。可能是在瞒着外部的目光清理由于长年萧条而积累的污渍和灰尘吧——冴子心中已经有了大概的推测。

只要工作忙碌，那就是相对平稳——冴子发现自己以此达到心态平衡而得到了放松，就沉浸在了某种新鲜的感觉当中。这是她以前从未体会到的感觉。在丈夫回家较晚的日子里，不安感和孤寂感就会从缺乏张力的时光皱褶中探头探脑。这样的情绪现在仍然残留在她的心中。不过，另一方面，她又觉得俊一不在家的时间里自己特别轻松愉快。在不安感和孤寂感之中，一种类似安逸感的情绪正在膨胀。

与此相关联，冴子想到了最近发生的某种心态变化。近来，她常常感到在夫妻两人的生活当中，还有个从未相识的人存在。在晚上准备就寝之前的短暂迟滞时光中，流动着仿佛从闭合不严的门缝钻入的凉风。但这与难为情的氛围不同，不如说近乎自以为是，纯属她个人的主观感受。这恐怕是因为腹中的胎儿吧——她暂先说服了自己。由敏夫和阿泉的配子孕育的胎儿，已然开始作为第三者介入两人之间。她认为心态变化的起因就在于此。

  但是，有的时候原因可能还是在于丈夫吧——这种疑念就像事先埋伏好了似的突然出现。她立刻打消了这种疑念。不过，这一瞬间的疑念就像不慎滴在水彩画上的颜料般混沌了眼前的风景。这种混沌感原封不动地扎下根，并成为她日常生活中的一部分。实际上，俊一对于此次妊娠究竟怎样想，她感到还是有些不透明的部分。俊一似乎在他内心深处小心翼翼地封存了什么。他当时的回答"我不反对啊"就已留下小小的芥蒂。原先紧密啮合的齿轮，就在那个瞬间出现了细微的错位。也许就在这半年多的时间里，他十分珍视地培育了由此产生的、像罂粟粒般微小的龃龉。

这天，俊一时隔多日早早下班回到家里，冴子涨红着脸喘着粗气正在准备晚饭。虽然她说不要紧，但俊一不由分说就把体温计夹在她腋下，水银柱很快就升到了近四十度。俊一赶快在里屋铺上被褥让冴子躺下，然后把浸过冰水的毛巾敷在她额头上。

"实在对不起。"她抬起泪汪汪的双眼说着客套话。

"感觉怎么样？"他担忧地问道。

"多亏你照顾，现在轻松多啦！"冴子嘴上这样说，却仍然大口呼出发烫的气息。

"看样子像是流感啊！明天去看医生吧！"

俊一取下毛巾去洗脸间浸了冰水，拧了几下又敷在冴子额头上。冴子轻微地缩了一下身体，没有睁开眼睛。过了片刻，她的呼吸渐渐变得均匀，昏昏沉沉地睡着了，夜深之后也没有醒来的迹象。冴子做的饭菜还放在厨房里的餐桌上，俊一也没有重新加热就独自吧嗒吧嗒地吃了起来。吃完饭，洗过澡，他又喝了一罐啤酒。

快到半夜的时候,冴子终于醒了过来。听到丈夫问她感觉怎样,她露出无法收拾般的恍惚表情。

"晚饭还剩了一些,要不我再煮点儿稀饭吧!"

"我不饿。"冴子歉疚似的说道。

"那我去泡点儿茶吧!"

冴子在被窝里只啜了几口淡茶水就累得筋疲力尽。不久,她再次沉沉睡去,直到第二天早晨都没醒来过。

第二天,俊一给公司打了电话,说自己发烧需要请假休息。然后,上午早早地就带冴子去了附近的诊所。年迈的诊所大夫用听诊器听了胸部,又看了看咽喉说:"这是流感啊!"然后,大夫让护士开了些维生素和含漱药水。

"先用这些观察几天吧!为了小宝宝,还是尽量别服药为好。如果咳嗽加重的话就再来看看吧!因为腹压过大也不好。"

在大夫给冴子做完诊断之后,俊一说明了情况并请求大夫给他也写一份诊断书。大夫说了句"就算你是流感后备军吧",随即用笔力轻弱的字迹简单地写了诊断书。俊一把诊断书装进信封，随即给公司的总务科寄去。

"我还特别注意预防感冒了呢！"冴子为自己的疏忽深感懊悔。

"不管你怎么注意，该感冒还是会感冒啊！"俊一似乎毫不介意，"注意保暖，静养两三天就会好啦！"

从那天开始，俊一分外勤快地照顾病人。他先是把冴子的被褥铺在了起居室。他觉得，如果白天也需要卧床休息的话，那就最好是在亮堂一些的房间里。然后，他又去车站前的商业街，买回大量适合病人吃的食材。白天，他把乌冬面条煮得软软的，然后端到冴子被窝旁边，饭后还要刮苹果泥喂冴子吃。到了下午三点钟，他又把连自己都很少吃的酸奶摆在冴子枕边，还说这东西助消化，非要看着病人至少吃上一口不可。到了傍晚，他又煮了水分充足的米粥，并做好干烧白鱼肉、白葱鸡蛋汤和凉拌菠菜，然后漂漂亮亮地摆在了餐桌上。

到了夜色渐浓时，比起忙里忙外的护理者，好像病人反倒觉得劳心费神了。

"自从我躺倒之后,你就变得生气勃勃啦!"冴子在被窝里用含有轻微揶揄的语调说道。

"到了该表现的时候就得发挥嘛!"

"看样子,即使我不在了,你一个人也能过下去呢!"

"你还有那样的计划吗?"

"因为明天会怎样谁都不知道啊!"

"没有人能预见到明天会怎样哦!"俊一没有琢磨冴子说话的深意,可能是因为完成了平时并不擅长的家务而颇感自豪,他的口齿比往常更加流利了。

"嗯……是啊!"冴子点头附和,心却在远方彷徨。

第二天,毫无变化地重复了与前一天相同的程序。俊一麻利地做完家务之后,没有急着收拾被褥,而冴子也撒娇似的赖在被窝里磨磨蹭蹭。到了下午,冴子就几乎完全恢复健康了。过了发烧那天的高峰期,咽喉疼痛也已消失,后来就只剩下间歇性的咳嗽和近似余热的倦怠感。

"趁着周末感冒,时机掌握得不错呀!"俊一说的是公司的事情。

"我可以起来啦!"

"别,明天再躺一天就好啦!"

傍晚的电视节目直播大相扑比赛,虽然赛程已到第十四天,可赛场气氛却一点儿都不高涨,反而呈现垃圾时间似的单调乏味,因为御赐优胜杯好像已经落入蒙古出身的横纲力士之手了。冴子所追捧的"阿玉"从第一天开始三连败,后来就干脆退赛了。据说,他要专心致志地治疗持续加重的腰伤。可能也是因为这个缘故,冴子记录的得分表一反常态变得空白凸显、残缺不全了。她本人好像打算在赛程结束后再补全得分表,但俊一对她十分少见的缺乏执着感到很奇怪。

名列前三的相扑力士轮番上场竞技,第十四天的赛程也已进行到终盘。漫不经心地望着电视画面的俊一忽然自言自语。

"使人状态骤降的原因,往往来自出乎意料的地方啊!"

闭着双眼聆听直播的冴子从盖被下转过满是问号的脸庞。

"我在说跟前妻去诊所时的事情,"俊一用慵懒的语调接着说道,"候诊室的电视里也在直播相扑比赛,主播和解说员正在谈论赛况:'他在本赛季的表现相当不错啊!可能是因为期待已久的男宝宝已经在上个月出生了吧!'"俊一苦笑着继续说道,"也许他是想说:'那位相扑力士意识到做父亲的责任,并且体现在了比赛当中。'这种说法对我震动特别巨大。不过,老婆倒好像并没有感觉到。"

俊一好像还有下文似的停顿了一下,露出时间错乱般的表情。冴子那毫无表情的双眼望着太阳完全落下后的窗户。过了片刻,俊一又像提及乏味话题似的急着告一段落。

"一看到相扑比赛,我就想起那事儿啦!"

相扑比赛直播结束后,俊一开始准备晚饭。在七点钟之前,他这双男人的手就把一桌饭菜准备就绪了。冴子的胃口比昨天好了很多,厚煎蛋就白萝卜泥、南瓜炖魔芋粉,她一边说"好香呀",一边吃了差不多一个人的食量。两人谁都没有重拾那个敏感话题。

第十三章

以热身活动的心情度过星期天之后，在星期一早上就恢复了原先的生活节奏。俊一在工作日早上醒来时感到神清气爽，同时闻到一股熟米饭的香气。看来，冴子已经一如既往地早起准备饭菜了。时隔多日又能吃到正儿八经的早餐啦——俊一撒欢儿似的跑到餐桌旁。吃过早餐，他又趁着高兴劲儿出门上班去了。虽然由于假装生病缺勤而积压了不少工作，但在护理冴子这几天中心情得到了转换，所以与以前相比，业务进度反倒更快了。

可是，在上午班接近结束时，他就觉得达到了某种饱和状态，工作效率骤然降低。他一边继续着还能机械性处理的作业，一边模糊地想起早上走出家门前读到的报纸报道。从阪神、淡路大震灾到现在正好快十年了，报纸上登载的就是这方面的专题报道。

在这篇评论中还提到了关东大震灾。据报道所讲,东京地区每过一百年就会发生一次特大地震。因为上次大地震后已经过了八十多年,所以按照周期计算,现在又到发生大地震的危险期了。有的预测说未来三十年内存在着百分之七十的可能性,而且估算出了死亡人数。但尽管如此,仍然有一千五百多万人口从容淡定地生活在这里。俊一对此感到匪夷所思。而行政方面也不像已经做好了充分准备。无论是官是民,谈论大地震可能性时的语调都毫无紧迫感。

他试着转换方式想到,或许这就是被迫直面死亡的人的习性呢!对于已知必将发生的灭顶之灾,在其实际发生之前竭力避免产生现实感——人体内部是不是早已编入这种有利于保护自己的程序了呢?抑或可以称作遗忘深重忧虑的能力,抑或可以称作避免直面焦虑的机制。在日本国内,既发生过震灾也发生过由宗教团体实施的恐怖事件,所以危机管理意识极强甚至似乎有些过度,防止发生犯罪和再次发生犯罪这类词语到处泛滥。人们一方面把危机意识提高到神经过敏的程度，而另一方面在联系到自身时，却只把危机当成别人的事情。无论遭遇什么样的危急状况，都把自己当成局外人。

或许这是重大错误！悬而未决的问题依旧悬而未决并不断地积累，如同利息般持续不断地膨胀并实实在在地推动时间前进。不知是否对此已经有所了解，人们总是把目光从远景中挪开，并把发生可怕事件的预感稀释在每天的忙碌之中。人们用近忧来抵御恐惧灾祸的远虑，把诸多烦心事沉入停止判断的状态中以不变应万变。

"你怎么啦？"

俊一抬头一看，只见坂口站在面前。

"不，没什么，只是发会儿呆而已。"

工作结束之后，坂口邀请他去喝酒，好像还有什么话要说，估计又是关于松尾那件事。但是，俊一还记挂着大病初愈的冴子，还想一下班就直接回家。于是，他向坂口提议："酒下次再喝，午饭可以一起吃。"

"那倒也行。不过,你不是带了爱妻盒饭吗?"

"今天没有。老婆睡过头了。"

坂口要说的果然是有关松尾的事情。据说,他在九州南阿苏一带的旧式温泉疗养地。

"他在那种地方干什么呢?"

"是不是打算泡温泉治病呀?"

"就他一个人吗?"

对方一瞬间露出错愕的表情,片刻之后似乎以为俊一想到男女艳情方面去了,咧着嘴答道:"可惜没猜对哦!"

在温泉疗养地附近,有一家松尾的气功朋友经营的家庭旅馆,他的饮食起居都由主人夫妻照料。他正在尝试相当严格的糙米菜食食物疗法,可病情却一天天加剧恶化,腹水越积越多,连生活都不能自理了。旅馆主人夫妻实在看不下去,就说服执拗的松尾与家属取得了联系。当夫人和女儿赶到时,他已经虚弱得几乎连话都说不出来了。

"那他现在住院了吧?"

"恐怕最后还是放弃自己的主张了吧!虽然也

许本人还希望泡在温泉里平静地死去呢!"

店员端来两人要的套餐,并介绍说价格优惠,每天只卖一百份。根据选定这家餐馆的坂口所讲,因为这种套餐太受欢迎了,所以每天只过半个小时就会全部售罄。

"太残酷啦!"俊一停下拿起筷子的手嘟囔道。

"你是说松尾吗?"坂口头也不抬地反问道。

"在自己喜欢的地方、用自己喜欢的方式死去,这是所有人都希望实现的事情呀!"

"嗯,就是那么回事儿啊!"

"不管炒股赚了多少钱,到最后都不得不舍弃一切,这是多么徒劳无益的结局呀!"俊一不无讽刺地接着说道。

"这就是所谓的'物哀'吧!"坂口的语调似乎觉得这种事与己无关。

"不过,你不觉得什么地方搞错了吗?或者说是对最要紧的问题表示了蔑视……不是说结局好就一切都好吗?可我们的生活方式却是完全相反呀!"

"根本顾不上考虑什么结局如何——这不就是现状吗？只为眼前的活路就已经疲于奔命啦！"

俊一把失去食欲的面孔朝向饭菜说："总觉得像是抽掉钢筋盖大楼啊！"

"这应该属于伪造人生的抗震强度吧！"坂口回应道。

当天，俊一把剩下的活儿留到第二天做，然后按时下班离开了公司。在满员电车里被挤到门旁的他，透过车窗望着天色昏暗的市区。对于多少年来看过无数次的景象本应早已厌倦，可现在看去却感到相当新奇。可能就是因为做了几天并不熟悉的家务和护理吧——他暂且把开始纠结的感觉抛在一边。就在这时，他感到自己像被拖入深度的精神恍惚状态，甚至连自己要回的家、下车的站名以及这趟电车开往何处都全然不知了。

当然，实际上他既可以聆听车内广播，也可以查看标示牌上的沿途各站和终点站，虽说如此，他却不明白自己正在经过何处、正在去往何方。他无法与精神恍惚的自己以外的人达成共识，而且也无意达成共识——他顽固地死钻牛角尖。

俊一在想象据说住在阿苏温泉疗养地的松尾的孤独心境。他也是因为无法排解不能达成共识的心绪而在偏僻的温泉街上徘徊吗？直面死亡这种绝对的孤独，或许他是想把自己人生的结局渲染出与之相近的孤独色彩也未可知。这就像潜入深海的潜水员要让自己的身体逐渐适应强大的水压一样。

人自从出生之后逐年增岁，有时还会生病，最后到死。无论怎样厌恶死亡、畏惧死亡和留恋生命，只要那个时刻到来就非死不可。这是一个再明白不过的必然结局，甚至连思索的余地都没有。而且，即使思索也不会有什么结果。即使是思索也不会有什么结果的问题，也还是不得不再三思索。他再次想到：死亡是一种过剩的东西。

自从对死亡有了认识之后，人在自我意识中生存就命中注定地要伴随着孤独。正像哲学家们所说的那样，如果对死亡的恐惧造就了人类精神现象的话，那么孤独就是从人类根源性的成立中涌流出来的感觉。通过精神的媒介，作为物种的人类追求配偶、繁衍子孙，就成了伴随着与孤独相同附加值的营生。如果将此称为爱的话，那么爱与孤独也许就构成了人之所以为人的两面。它们都是无缘无故的爱和无缘无故的孤独。俊一觉得冴子很可爱，从来没有像现在这样可爱。同时，他也感到自己陷入极为异常的孤独之中。

他在与冴子走到一起之前，结婚对象曾经是大学时代的同学。她的娘家有年代久远的和服老店，她是家里的独生女。家里希望女儿继承家业，希望女儿招个能继承家业的上门女婿。因此，当女儿带着结婚对象俊一回来时，就遭到家里人的强烈反对。两个年轻人对扬言断绝亲缘关系、采取高压态势的家长表示抗拒。已经内定在某大型电气公司就职的俊一可以独立生活了，于是怂恿姑娘赶紧离开娘家。而对方也早就有了这个念头。

姑娘的父母到底还是意识到了形势不利，做出让步的姿态向他俩提出了妥协方案：允许你们结婚，但是作为交换，生了孩子之后必须让其中一个继承家业。哦，只要口头约定就行，给我一句明确的答复吧——姑娘的父亲鞠躬说道。根据姑娘的父亲所讲，他的亲生父亲，即姑娘的祖父、八十多岁的老人十分担心自家老店的前途。老人先前曾对孙女的对象十分期待，而现在却因为这桩婚事不满意而沮丧万分。由于老人来日无多，所以不忍心再让他为家业后继无人忧心忡忡。哪怕是口头约定也行，希望得到由孙女的孩子继承家业的承诺。在交换订婚彩礼时能不能走一下形式？说到底也就是因袭商家的老规矩，并没有什么法律约束力。

听到这样的恳求，俊一也无法断然拒绝了。考虑到将要成为自己妻子的她的处境，最好的结局莫过于跟对方娘家保持和谐圆满的关系。而且即使说到继承家业，也得等到十年、二十年以后了。到那时和服店还不知道会变成什么样子呢！如果工薪族当腻歪了的话，索性两人自己继承家业亦无不可。于是，准备结婚的两人就轻松地答应了。

可是，结婚之后过了一年、两年，妻子都没有怀孕的苗头。俊一自己心态较为乐观,还曾半开玩笑地说:"刚结婚就怀孩子简直太没出息啦!"从年龄来讲时间绰绰有余,如果时机到来的话该有就会有。如果没有,也不是什么大不了的事儿。但是,女方却开始着急了,也许是因为娘家再三催促的缘故。要是真有什么明确原因的话,最好及早采取措施。不管怎样,先去做个检查吧。在对方的急促催逼之下,俊一终于极不情愿地同意去不孕不育症诊所了。于是意外地发现:他本人的授精能力有问题!

从那时起,至少对于女方来讲,拥有自己的孩子就成为人生的最大目标。据称对男性身体有益的纳豆和山药都成了常备食品,从不间断地让俊一食用。而且对那些高档健康食品和滋补食品也频频出手。岳父送来一幅据说具有送子功能的奇异挂轴。而诊所的大夫则指导说:"平时的性生活怀孕可能性较低,所以要在排卵那天行房。"这可是比原先预料的艰难许多。因为到了女方较为容易受孕的那一天,不管下班晚还是疲惫不堪,俊一都得为了完成使命而辛勤耕耘。而女方每个月都要报告结果，同时还要接受检查。俊一渐渐地感到：除了排卵日那天的努力之外全都是白费工夫。

即便如此，两人在第一年里仍然积极地配合治疗。在他们做定期检查的诊所，孕妇夫妻与患不孕症夫妻在同一间候诊室里等待，并在同一间诊室里接受检查。拉帘那边就是孕妇，可大夫却在这边桌旁向不孕症夫妻询问情况。在结账付款时，女事务员总会说声："您辛苦啦。"这包含着迟钝的善意，俊一渐渐陷入对医疗的不信任感之中。有一次，一对大学生模样的男女像是来做人工流产，那个男生就伸出双腿一边看漫画一边等候。护士好像体察到了俊一的心情，在叫他进诊室时悄声耳语道："本来该在合适的时候来，可是太不凑巧啦！"就连护士这样的体贴话语，都反倒会刺痛俊一的心。

他们在某种方法尝试多次仍不奏效之后就再换一种，治疗就这样一步步地推进。两人就像被放在生产线的传送带上一般，他们感到身心俱疲，尤其是精神状态几近崩溃。到了第二年，俊一的心态开始变得消极，觉得事到如今只有坚持治疗直到对方接受现实了。自己被判定没有授精能力是无可奈何的事情，他已基本放弃希望拥有自己的孩子了。公司里的同事们接二连三地有了孩子，每次都会对他说："你也得加把劲儿'造人'呀！小宝宝真是可爱极啦！"而他每次都笑着回答"是啊"，感觉却变得越来越麻木了。

  由于诊所大夫的介入，夫妻生活已与接受治疗之前截然不同。单纯的生殖行为——俊一只能这样想。即便如此，由于原因全都在于自己，所以他无法说出"这种事儿还是适可而止吧"之类的话语。当他为了尽义务而迎合对方时，心理上就受到强迫，"造人行动"本身也难以为继了。正因为这种问题变得极为敏感，所以两人的心思往往会由于鸡毛蒜皮的小事而相左。他把女方表示出的关心理解成对受孕的执着而不是爱情，因此愈发感到扫兴。对于想要退缩的俊一，女方吐露出含有轻微侮蔑之意的言辞。他没有抽对方耳光，而是心情沮丧地开始穿衣服。女方痛哭流涕，甚至忘记遮盖自己一丝不挂的躯体。俊一连抚慰对方的从容大度都没有，只能深陷于凄惨的感伤之中。

俊一开始躲避性行为了，即使到了排卵日也总是拒绝女方的要求。在女方娘家得知不孕的原因在于女婿之后，便开始挑三拣四地找毛病。这些情况也传到了俊一的耳中，两人的关系就从里到外都越来越冷漠了。大夫建议采用显微镜下受精以获得受精卵的最后手段，但是俊一对此产生了强烈的抵触情绪。他当着妻子的面，向大夫明确地表达了不想采用新手段继续治疗的意志。于是，两人之间就失去了一切维系双方关系的牵绊。女方回了娘家，分居持续了半年左右，最后双方协议离婚。俊一主动向公司提出申请，去地方都市的分公司赴任。这是跟冴子相识一年前的事情。

第十四章

有关占部夫人住院的消息,从年底开始就在街坊邻居的主妇们嘴边传开了。在夫人游走大街小巷之际,老公似乎还很顾及对外体面,一个劲儿地宣扬要跟老婆分手。可是近一个月来,夫人的妄念渐渐失去了向外发泄的出口,开始向内封闭起来了。她外出游走的情况逐渐减少,关在家中过着废人一般的生活,而且话也越来越少,最后竟完全缄默无语了。她有时坚持多日拒绝进食,有时又会突然狼吞虎咽地吃上好几碗纯米饭。看到老伴儿这种情形,丈夫产生了恻隐之心。

"听说她老公照顾得那可真是无微不至啊!"冴子用与话语内容相反的冷淡语气说道,"可是,太太竟然连自己先生的面孔都认不出来了,所以还常常抗拒闹腾。听说,前几天她还拿出菜刀来要保护自己呢!"

俊一对冴子的立场捉摸不透:她自己到底是怎么想的呢?究竟是站在占部夫人一边,还是同情她老公呢,抑或对其夫妻双方都采取批评的态度呢?说话者的主观意志根本没有传达到聆听者这一方。当然,也不仅仅是冴子有这样的问题。

"那她老公受伤了吗?"

"没有。听说,两人相互推搡了一阵儿之后,竟然手拉手地哭起来啦!可是,到了第二天就又恢复原状了。"

"真够惨的呀!"

"两人都很艰难啊!"

他俩虽然都做出了主观性的评论,但话语中却并不包含任何感情色彩。他们的感情并未被话语触动和唤起,话语仅仅作为话语在事体表面淡淡地流过。俊一虽然在附和冴子,却不清楚自己心在何方。好像另有某个不同于身处此地的自己的说话人,就是那个男人在信口开河。他开始陷入近似解离症(多重人格)的感觉之中。或者说,他感到另有一个自己,正在稍稍离开的位置观望隔着餐桌谈话的冴子和自己。那另外一个自己,正在陪伴两个谈论流言蜚语的陌生男女。谈论的内容越是陷入进退两难的境地,房间里反倒变得越来越沉静了。

这座房子总像是有人从外边向里偷窥——以前冴子只不过是讲述抽象的不安感觉,但从那时开始,就渐渐形成了如同具体事实般的认识:有个男人趁着白天女人独自在家,装出买烟的样子来到房子近旁,而且长时间不肯离去。自售机是个爱招人的玩意儿,所以整座房子反而会成为一个死角,即使有可疑男子从外边向家里偷窥,也不会引起周围的警惕目光。如果将其当成来买香烟的顾客,主人也就没理由把对方赶走。到头来,就只能任由对方偷窥了。

"如果这是事实的话,那就是名副其实的犯罪了吧!"俊一自然是半信半疑,"会不会是咱们自己有点儿神经过敏了呢?"

"也许就是那么回事儿吧!"冴子像与己无关

似的予以承认。

"要不要在去诊所检查的时候咨询一下呢?"俊一劝诱似的建议道,"哪怕只跟大夫随便谈谈,心情也能轻松点儿。而且开些轻度的镇静剂也许会有所帮助。"

每当冴子谈及那些男人们的可疑举动时,俊一就会搁置问题并说服自己:冴子的心态可能与怀孕有关吧!只要把问题与怀孕挂上钩,冴子的很多异常状态就都可以归结为顺理成章的表现。所以,每次产生的疑念都会被绕开,从未发展到尖锐化的程度。

可是,有一天当他下班刚回到家里,冴子就迫不及待地强调指出了明确的事实。

"咱家到底还是被人偷窥了!"

今天上午,冴子打扫了房间并洗完衣服,就坐在被炉桌前织毛活儿。烧开水的铁壶还坐在点着火的煤气灶上。她偶然抬头朝厨房望去,只见有一双男人的眼睛正从十厘米宽的换气窗直勾勾地向屋里偷窥。冴子既不惊慌也不恐惧,只管望着那双从窗缝中偷窥的眼珠。那男子并没有因为目光相遇就退缩的迹象,仍然目不转睛地盯着这边。对方的视线虚弱无力,因此冴子与其说是被动地遭到偷窥,不如说正在观望某种怪物的主动意识更加强烈。我被偷窥了——把男子的视线引向自身的冴子终于在心中嘟囔了一句,随即放下毛活儿站起身来。于是,贴在窗口的怪物迅疾离开,就像晒干的泥块吧嗒一声脱落。在那男子的眼珠消失之后,冴子这才感到恐惧得膝头颤抖不已。

"他那样做究竟是为什么呢?"俊一仍然无法使这件事情具备现实感,语调变得十分困惑。

"我想他是在偷窥家里的情况呢!"冴子似乎确信无疑。

"他为什么呢?"

"不知道。"

"虽说如此,如果在光天化日之下从街上向家里偷窥的话,那他贴在墙上的架势肯定相当怪异吧!"俊一做出煞有介事的分析,但又同时想到把文脉梳理得如此顺当也许并不见得怎么好。"而且在众目睽睽之下，一个大男人真能做出那种事情吗？会不会是街坊邻居的孩子啊？"

"那确实是大男人的眼睛嘛！"

俊一考虑片刻，依然板着脸岔开了话头。

"也许是被人家看上喽！因为冴子长得太漂亮了嘛！"

"你说什么呢？要是被人家闯进来，我想跑都没处跑啊！"她像嗔怪丈夫不忠似的瞪着俊一。

"房子周围视野那么开阔，哪个傻瓜敢在大白天擅闯民宅呀？"虽然嘴上说的是平常话语，可一旦出口，俊一却感到自己内心好像比冴子更加慌乱。

"是不是向警察报告一下为好？"

"那怎么说明情况呢？"俊一不胜其烦地拒斥说，"就说有人向家里偷窥吗？警察是不会为这点儿事出动的啦！"

冴子的表情依然显得忧虑重重。妻子越是认真，俊一就越是想搅浑水。

"也许是在搞拉电线之类的工程呢！"

他只是想到了什么就脱口而出，可冴子却像是刚刚有所醒悟。

"是啊!"冴子突然两眼放光地说道,"就是拉电话线的工程呗!他是想窃听咱们说话呀!"冴子把话头引向微妙的歧途,并毛骨悚然似的凝视着起居室与厨房之间的传真电话机。

俊一做出要去厕所的样子站起身来,随即一声不吭地走出了房间。他从门厅转到汽车零部件工厂前的正街,发现白昼似乎比前一阵子长了些,暮色苍茫的天空只有西方透出明亮的红色。大街上寒风凛冽,在预制板外墙凹进部分的窗户上,映出厨房的发白灯光。果不其然!如果是普通身高的男子,恰好能对家中情形一览无余。

俊一不露声色地巡视了周围,然后趴在黑渍斑斑的预制板墙上,从稍稍打开的窗口向里边望去。于是,坐在起居室被炉桌前托着下巴的冴子映入眼帘。她似乎对丈夫外出并不感到奇怪,正在聚精会神地沉思着什么。窗下煤气灶上的锅里已经沸腾,锅盖振动发出密集的响声。

"喂!"俊一招呼了一声,同时对自己嗓音的严厉回响为之一震。他看到冴子把身体紧绷起来。

冴子慢慢地转向厨房窗户，用毫无表情的眼睛望着丈夫这边，不屑一顾似的连眉头都不皱一下，眼神中透出形同陌路的冷淡，似乎在问："您是哪位呀？"

"锅开啦！"俊一说道。

"讨厌！"冴子终于解除了紧张，"你在那种地方干什么呢？"

可能是因为心情有所放松，冴子的语调显得有几分轻佻。

"白天那个男的也是这个样子吗？"俊一问道。

"别犯傻啦！赶快进屋吧！"

冴子费劲儿地站起身来走近窗边，先关掉煮开了锅的煤气灶，然后皱起眉头瞪着丈夫。

"你再没完没了地干这种事儿，我可要喊人啦！"

鼻尖前的窗户被冴子冷漠地关上之后，俊一终于离开了窗边。他向门厅走了两三步就回过头来，觉得那个脏兮兮的男人背影似乎还贴在预制板外墙上。虽说如此，但除我之外你还打算喊谁呢？俊一对冴子刚才的说法疑惑不解，深感纳闷地走进家门。

每当冴子脱口说出妄念般的言语时，俊一就会有意识地做出予以支持的姿态，比如：冴子会说今天也有人从厨房窗口偷窥过呢，有人拧门把手呢之类。即便真的发生过那种事情，如果全都解释为男人们图谋不轨却也有些不沾边。但是，俊一并没有把这些当成不沾边而责备冴子，取而代之以温存的赞同，比如：对冴子说些"那可是有点儿危险呀""真得多加小心啊"之类的话语，有时甚至还会随声附和地说出多余的煽动性言辞来。他觉得，当两人这样共同对外界表露敌意时，就会感到双方达到了最为亲密的境界。

有一天，俊一下班后早早回家，坐在餐桌前正要开始吃饭，却发现虽然菜肴和酱汤都已做好，可米饭却还没煮好。可能是因为冴子忘了摁下电饭煲的开关键。他对沮丧不已的妻子说："菜留到明天再吃，这顿饭就从餐馆要外卖吧！"当他刚刚拿起电话时，冴子冲过来按住了他的手。

"不能打电话！"冴子用急迫的语调说道。

"为什么？"

"通话会被窃听呀！"

俊一心想：怎么会有这种事儿呢？即使真的遭到窃听，也只不过是从寿司店要了外卖而已。就算有人偷听到，也不是什么很有价值的情报。他一边冷静地思考一边感到，自己已跟冴子绑在一起并渐渐地被假想敌占据了心灵的领地。他在左思右想之间，情绪开始活跃起来。

"还是不能打电话吗？"他郑重其事地问道。

"不行嘛！我最近也不用电话啦！"

"那，进货怎么办呢？"

"叫业者直接来呀！"

"这样做也许就不会出错儿了吧？"

"可是，来的人也不一定就是真的，所以特别麻烦哦！"

"你怎么能看出来呢？"

"看对方的眼神呗！"

"眼神不一样吗？"

"就像从暗处偷窥的眼神嘛！"说这话的本人阴沉着眉头，露出险恶的表情。

"不管怎样，先吃饭吧！"俊一告一段落似的说道。

他动作稍显粗野地披上外套，催促妻子一起走出家门，朝附近的饭馆走去。

冴子的表现好像每天都有变化，有时看上去似乎妄念已完全销声匿迹。可是，她在情绪不好时，连面孔都会变得判若两人。与其说是憔悴至极的表情，不如说其表情本身被什么东西遮盖住了，看上去简直就像蜡像一般。俊一养成了从公司回到家里首先察看妻子脸色的习惯。在状态欠佳时，冴子总是沉默寡言。即使俊一向她搭话，她也不会做出什么实实在在的反应，而是没头没脑地告诉俊一："有人拧过门厅的把手，在自售机前买烟的男子突然放声大笑扬长而去。"

"我总感到会发生什么不好的事情！"冴子表

情沉郁而凝重地说道。

"什么事儿都不会发生的！"表示否定者的嗓音中也不禁流露出悲壮的回响。

"周围的气氛也很奇怪哦！"

"怎么奇怪呢？"

"我说不清楚啊！"

"这种时候你完全可以鼓起勇气去外面看看嘛！"

"我觉得一开门就会有很多人堵在面前呢！"

"你从窗户上一看就知道了呗！"

"从窗户上看的时候没事儿，可是一开门就是一大堆人呀！"

有一次，俊一下班刚刚到家，冴子就阴沉着脸低声说："今天也有人从外边拧门把手了。对方既不敲门也不打招呼，只是不声不响地拧门厅的把手，真叫人胆战心惊。"这些都不过是已经反复听过无数次的状况而已。他怀着早有预料的徒劳感听冴子诉说，可冴子的表情却豁然开朗起来。

"刚好就在那时，占部夫人从门前走过。"冴子把话头转到意外的方向。

　　那男子仍旧咔嗒咔嗒地拧动门厅的把手,冴子就在起居室里直起身来,一边频频朝后院那边张望一边想,要是那男子真的闯进来,自己就从后院跑到街上去求救,并继续注意观察门厅的把手。由于这座房子用的是廉价复合材料,所以当那男子推拉门把手时,冴子就感到门板会被拉坏打开。当她觉得即将万事皆休时,只听街上传来中年妇人清脆的喊声:"老头子,你在那儿干什么呢?"双方好像对峙了片刻,然后,男子的脚步声就怄气似的渐行渐远了。接着,门外响起两三下明显是女性的手轻轻敲门的声音:"打扰啦!我是占部啊!"刚才那个妇人的嗓音恭恭敬敬地说道。冴子战战兢兢地打开仍然挂着链锁的门,只见占部夫人面无表情地站在门外。"哎,您有什么事儿吗⋯⋯"冴子从窄窄的门缝露出脸来回应道。于是,夫人用一如既往优雅的姿态问:"我老公没打扰您吧?"却对那男子只字不提。

　　终于连占部夫人都站在冴子一边了——俊一听

着冴子述说，心中不禁阵阵哀叹。面对两个女人的疯疯癫癫，男人的理性就像蚊子翅膀的嗡嗡声一般。他已经搞不清楚，冴子所说的夫人到哪儿为止是真实人物，从哪儿开始是她自己造型的人格呢？难道大部分状况都是妻子从妄念中编织出来的吗？四处寻觅匿名的丈夫——这是不是冴子自身形象的投影呢？

俊一常常考虑到，冴子或许从未认识到丈夫这种存在。对于她的父母双亲，俊一了解得并不多，而且从未仔细地询问过。但是，即使从现在的冴子与其父亲的关系几乎处于断绝状态来看，两人之间毫无疑问存在着某种隔阂。俊一也能想象到，其原因恐怕就在于过世母亲的往事之中。可不可以这样推断：她在拒绝父亲这种存在的同时，又通过母亲来拒绝丈夫这种存在。假如进一步推断她甚至拒绝男人这种异性的话……

俊一重新忆起两人相逢时的情景：在近似同居的生活开始后，冴子所租住的房间仍照原样保留。因为那是单身专用公寓，所以取消一方合同而两人同住一套房间是合同条款所不允许的。虽说如此，两人之所以没有一起离开那里去租住稍大些的套房，是因为他们都对随意改动因微妙境遇形成的关系产生了小小的犹豫。

从冴子的角度看来，她在与俊一开始相处后仍然留有某些余地：万一发生了什么事情，她还可以逃回自己的房间，或者把对方赶回他自己的房间。如果俊一作为男人过于强势的话，她的意识就会立刻返回以前那个躲在屋内度过以泪洗面生活的女子，同时也把俊一推回在隔壁房间聆听这边动静的男子的位置。在事先准备好如此退路后，冴子终于下定决心接受对方了。

可现在怎么样呢？冴子已经接受我了吗？俊一在扪心自问时，心中感到毫无把握。她很想要孩子，而且想用自己的双手养育孩子，但是，她却不希望男人这种存在色彩浓厚地出现在自己面前。对于这样的冴子来说，妹妹妹夫提出代孕母亲的请求，不如说简直就像雪中送炭。她所希冀的恐怕既不是恋人，也不是伴侣，而是单纯提供精子的男性。她与那个男性互为匿名关系,甚至连身体接触都必须杜绝。冴子绝对不希望对方作为男性或丈夫或父亲介入自己的生活。一旦自己体内孕育了胎儿,根本用不着说明来历,对方必须立刻走人。

第十五章

占部夫人在月底悄悄办理了住院手续——冴子用兴趣淡然的语调告诉俊一。此后不久，冴子对男人们过度警戒的心理也渐渐隐藏起来了。他们的存在已从她的视野当中退却，就连令她那般警觉的脚步声，也都不知何时消融在大街上的杂沓之中。而且，她也不再吐露对于可疑男人举动所产生的类似妄念的话语了。

从那以后，冴子开始渐渐失去了打理自售机的热情。即使香烟售罄，她也不再立即去补货，而且不再指着账本向俊一说这说那，只是整天闷在家里，一有空闲就坐在被炉桌前织毛活儿。除此之外，她几乎对所有的事情都漠不关心。

表面上的平静，使她的存在比以前更加模糊而难以捉摸。俊一觉得，她简直就像是把什么东西深深地包藏在体内生存于世。由于意识持续不断地转为内向,所以她缺乏向外开放的感觉。她越是畏惧轻松随意地搭话,表面就越显示出充满孤独感的恬静。虽然看上去貌似毫不设防,但其中却隐含着决不允许他人接近的顽执。

星期天下午,去附近商业街购物的冴子到了傍晚还没回家。先前俊一还耐心地坚持在自己房间里看书,但是过了半个小时、一个小时之后仍不见冴子回来。俊一脑海里接二连三地浮现不祥的猜测,随即又一个接一个地打消了那些念头。于是,书便无法再看下去了。他终于把正在看的书放下,准备出门去附近寻找。正在他关窗锁门时,冴子回来了。

"怎么这么晚才回来呀?"俊一忍不住责备道。

冴子没有回答,只把塑料袋里的东西放在门厅口。

"你是不是顺便去哪里转悠啦?"俊一缓和了语气再次问道。

冴子不胜其烦地说:"自己在买东西时想到现

在回家还要做饭就嫌麻烦，于是看到一家茶馆就进去喝了茶。"说完之后，她又用平淡的嗓音补充说，"请原谅！"

"你在这种时候没必要勉强做饭嘛！干脆打个电话把我叫出去，偶尔在外边吃个饭也可以呀！"

虽然嘴上说着简明易懂的话语，可俊一却感到内心深处冷如冰霜、静如止水。一个露出呆滞眼神在街上彷徨的女人身影掠过脑际。冴子现出失去思考能力般的表情站在他面前，然后又用似乎不太利索的动作开始把买回来的东西放进冰箱。

冴子凝望俊一的目光常常会变得恍惚不定。每到这种时候他便会感到，对于冴子来说，自己的存在已变得越来越稀薄了。在公寓毗邻而居时亲切问候的男士，甚或更早以前的无名男子——俊一感到自己这个人的来历好像被倒卷回去了。他想：性就是这样一点点地丧失掉了。由于冴子的存在具有过度的自我完结性，所以在与她的关系当中，自己不可能成为具有性的存在。俊一甚至认为：重温性爱是永远不可能的事情。

与这种阻隔感背道而驰，冴子有时会主动地钻进俊一的被窝。可当俊一漫不经心地把她搂住时，她却推搡一下把自己的身体离开，然后再畏畏缩缩地试探着一点点地把身体贴近。她把俊一当作素不相识的人尽情地感受着，握握手指、摸摸脸颊、闻闻头发的味道，似乎在竭力地回忆着什么。

俊一在公司里无法专心工作。他把并不想喝的咖啡放在办公桌的角落将视线转向窗外，只见灰色的天空沉重地压在头顶。他想起某日报纸刊载的有关地震的报道。这简直就跟地震是一样的道理嘛！尽管人类做尽伤天害理的事情，可大地却一动不动地忍耐着。在忍无可忍终于到了极限时突然崩溃，于是大地震爆发。地震发生在地下深处。在发生地震之前，必定早已发生过某种决定性的事件。

他在每次到家确认冴子平安无事之前，都必须做好某种悲壮的心理准备——俊一就是怀着这样的心情走在下班回家的路上。这使他感到特别苦恼。到底有什么可怕的呢？他一边做戏似的叩问自己，一边在内心深处释放出阵阵战栗。但是到了第二天，他又深深地陷入了同样的思绪当中。俊一对这种反复厌腻不已，怀着几分不屑的心情把近来郁积的忧虑变成话语说了出来："也许我回到家里她已经不在了呢！"于是，他出乎意料地发现，自己已被自己所撒出的罗网绊住了双脚，一种没着没落的丧失感就像误吞的食物般梗在了胸口。

冴子日复一日地坐在被炉桌前持续舞动棒针，并用苍白困倦的面容迎接走进家门的俊一。被炉桌上放着已经开始编织的毛线。她到底想用那种鲜亮的金黄色毛线编织什么呢？据她本人所讲，是想编织婴儿用的衣物。但是，由于她把好不容易织了一半的毛衣又拆开，然后再织再拆开，所以毛活儿总是难以成形。

俊一心想：冴子是不是根本无法把握胎儿的实际存在呢？是不是连她自己都搞不清楚在自己腹中不断成长的是什么呢？当她想抓住那个东西时，手却总是滑脱，就像永远织不成衣物的毛线一样。考虑到这个地步，俊一就觉得自己已触及妻子妄念的真相了。

"老公，你在看什么呢？"

俊一猛然醒过神来，只见冴子正在用枯涸的目光望着自己，眉间透出严厉的神色。在俊一找话搪塞之前，冴子抢先用与其说是宽慰，不如说是拒绝的语调说："你别担心，这孩子从头到脚都是阿泉两口子的啦！"

"谁会担心那种事情嘛！"俊一本想开个玩笑掩饰过去，可是高亢的声调反倒显得极其刺耳。他不由得皱起了眉头。

"不过，那些人肯定已经觉察到了。"

俊一又搞不清冴子在说什么了。

"'那些人'是指谁？"

"一直在监视咱们的人呗！"

两人之间出现了片刻的沉默。冴子表情迟钝地望着电视画面。俊一顺着她的视线看去，只见电视里正在播放恶性犯罪的情景再现：乍一看似乎毫无线索的杀人疑案，运用最新的科学侦破手段即可抽丝剥茧地揭露真相，最终将犯人缉拿归案、绳之以法……这时,冴子开口了。

"真是无论如何也隐瞒不了啊!"冴子一边叹气一边说道。

俊一以为她是在说电视节目里的内容。

"也许是被人家探听到了,"冴子自言自语似的继续说道,"可是,真相必须彻底隐瞒!不管怎么说,必须坚持这个孩子就是阿泉他们的。"她郑重其事地说完,袒护似的把目光投向自己的腹部,"真实情况必须永远地隐瞒下去。"

俊一很想问清"真实情况"是怎么回事儿,却找不到合适的词语。伴侣的精神状态已经发展到非同寻常的地步,这是无法否定的事实。不过,倒也还没出现十分紧迫的危急事态。两人虽然共享着同样的时间和空间,却生存在截然不同的现实感当中。他不寒而栗地感到,自己和冴子真是一对滑稽夫妻。

那天夜里,俊一只睡了两个小时就醒来,发现本应睡在旁边被窝里的冴子不见了。他借着起居室里的灯光来到厨房，听到有人在低声悄语，好像是冴子在给谁打电话。他不动声色地侧耳静听。冴子的说话声非常低弱，而且既单调又无表情。与其说是公事公办的语气，不如说更像用机器合成的电子音响。

"不管怎么调查都没用！"背朝这边的冴子依然穿着白天的孕妇装，正在把电话紧紧地贴在耳朵上说话，"那种事情跟你们毫无关系嘛！"

冴子放下电话，然后好像喘息了一阵，肩背有些紧绷的样子。她突然转身，两人目光相遇了。冴子既没有畏缩也没有出言搪塞，只是目不转睛地盯着俊一。俊一想，那眼神简直就像是在看从树篱中出现的野猫。

不知过了多长时间，两人就像毫无时间概念似的呆立不动。俊一回过神来，只见冴子再次对着电话窃窃私语，但说话的内容却已无从揣摩了。俊一挪开视线回到房间里，心中留下了不该放弃抓现行般的懊恼，开始产生不冷不热近似悔恨的情绪。当他抑制住这种情绪，厚着脸皮自我厌恶地钻进被窝后，感觉似乎直接就能鼾声大作地睡着了。

过了片刻，冴子走进卧室。

"说是要杀人呢！"冴子没等俊一问就主动地说道。

俊一感到身体里掠过一阵骚动。

"怎么回事儿？"

"说是要杀死肚子里的胎儿。"

"谁说这种话啦？"

"就是那些人嘛！"冴子像是在说不言自明的事情。

"哪些人？"

"就是想干掉肚里孩子的那些人。"

俊一没有计较冴子车轱辘话式的回答，继续追问下去。

"孩子为什么非得被干掉不可呢？"

"因为这是咱们的孩子呀！"

"孩子不是阿泉两口子的吗？"

"怎么连你都这么说呢？"

黑暗中浮现出冴子对他怒目而视的眼睛。那双眼睛已经失去了正常的光泽。

"不管怎么说,今天太晚了,睡觉吧!"

俊一不由得采取了退逃的姿态。然后又自言自语道:"明天我先去找大夫咨询一下吧!"

远处好像响起了提示危急的警笛声。俊一虽然正在伏案工作,但耳朵却一直在捕捉那种响声。这是幻听,还是真有消防车驶过?他搞不清楚。警笛声还在持续鸣响。悲剧式的结局必定到来——俊一被晦暗的绝望感追逼得走投无路。放任自流解决不了任何问题,危机已咄咄逼人地迫近脚下。也许正因危机就在脚下,所以反而感到周围直到远方都那么平静。

俊一下班离开公司正在站台上等电车,耳膜偶然地捕捉到背后几个男子的谈话声。他感到就像电话串线,无意聆听的外人对话钻进了自己的耳朵。

"听说,居然被人推搡后背都浑然不觉!"

"因为人太多了嘛!"

"即使是背包碰一下,人也会掉下去呀!"

"要是不巧赶上电车进站的话,那就没命喽!"

"猛推一下,然后混在人群当中……"

正在这时,对面站台有电车进站,男子们的交谈声就从半截被越来越近的电车噪音掩盖掉了。俊一想回头确认一下身后,但好歹总算抑制住了冲动。电车停稳之后,在车门打开之前的一两秒钟之内处于静音状态。

好像是瞅准了时机,一个男子说:"总会有办法的!"

"嗯,总会有办法的!"另一个男子回应道。

俊一瞪着杀气毕露的双眼回头望去,一个年轻女白领怯生生地接住了他的视线。俊一装出找人的样子扫视周围,却看不到疑似那些男子的身影。过了不久,他这边的站台也有电车进站,他便随着客流走进了车厢。当他委身于列车单调的晃动时,刚才的交谈声就从意识当中远去了。

可是,当他走出车站在车道边等绿灯时,又听到一阵坚硬鞋底的响声在背后戛然而止。好像是保持了一定的距离,对方并未紧紧跟在身后,反倒令人感到有一种阴险的故意。夜幕早早降临的站前行人稀少。当步行者信号灯变成绿色时，他若无其事地回头看了看，在他预判的方位还是没有任何人。

他怀着无法坦然淡定的心情走过人行横道，然后径直走进了便利店。他取了两份尾货盒饭，放进购物篮后提到收银台。店员问他盒饭要不要加热，他谢绝说就那样吧，然后折回酒类货架又补了几罐啤酒。因为很长时间一直食欲不振，所以他觉得也许盒饭白买了。他走出便利店，边走边打开盖子喝啤酒，既不感到好喝，也不感到难喝，流进咽喉的冰凉苦味与憎恨有些相似。

前方出现了红色电灯。这是哪里啊？他发出毫无深刻含义的疑问。在晚间道路施工现场，头戴安全帽的人们开动小型挖掘机正在作业。他觉得自己好像迷路了。本来应该是习以为常的道路，现在却越走越觉得陌生起来。无人通行的昏暗道路向前延伸，他既感到自己像是被幽灵附体，又感到正在前行的自己就像幽灵。

绕了相当长的弯路,他来到似曾相识的公园门前。过了片刻,他发现这就是大年三十那天来过的儿童公园。打那以后已经过了一个多月时间,在凉亭式的休息厅里,流浪汉们的简朴"家居"仍旧一字排开,那种风貌带着亲切感映在俊一眼中。在变成菜园的花坛边,一个男子借着昏暗的路灯用铁锤把捡来的铝罐砸扁。俊一怀着眷恋人群的心情走上前去,漫不经心地把装着盒饭的塑料袋递了过去。男子停下手来仰望着俊一,那双幽暗的眼睛深处半习惯性地闪现着敌意。

"这种东西你吃吗?"俊一语无伦次地问道。

听到俊一搭话的男子稍稍放松了警惕,但依然用充满狐疑的目光打量着这个奇怪的入侵者。男子虽然穿着脏兮兮的,但年龄大概跟自己不相上下。他心中萌生出与自我怜悯只隔一层纸的刻薄心情。

"你是民生委员吗?"

"因为就多出这么点儿东西来!"俊一煞有介事地找了个理由。

那男子抢夺似的接过塑料袋,随即用这一带很少用的方言道了谢。

俊一走出公园时,耳畔还是响起了自我告诫的声音:"你干的这是什么事儿呀!"

第十六章

"节分"(立春前夕)这天的夜晚会有恶鬼出没。立春前的这一天,也是所谓"过年"的分界性较强的日子。根据相关典籍的记载,在自古以来的传统信仰世界中确信:寄居于各方位的诸位神祇都会在"节分"夜晚向新的方位大迁徙,于是,降灾招祸的恶鬼们便趁此机会从异界来到人间。因此,人们在企盼"岁神"来访并给各家带来所谓"岁"的福德的同时,还非常惧怕来自异界的恶鬼们入侵。所以,人们举行各种各样的仪式对恶鬼进行封堵。

俊一在回家的电车里一边随着车厢摇晃一边想:应该趁着"过年"的时候去讨个吉利,祈祷自己一家的状况有所改善。走出车站,他立刻就去了附近的便利店。上次买盒饭时,他看到收款台附近放着"节分"日驱鬼用的豆子。在有小孩的家庭里,做父亲的都会把它当礼物买回去吧！在比黄豆稍小的炒豆上，贴着用纸做的赤鬼脸谱。虽然自己并不打算举行撒豆驱鬼的仪式，但也不妨调侃一番这似乎慈眉善目的奇妙鬼脸，吃几颗能带来吉祥命运的炒豆。

可是，当他回到家里时，房间里却漆黑一团没有人。他心里一阵慌乱，想到可能是发生了无法挽回的事情。他脱掉鞋子正要打开起居室里的电灯，忽听卧室那边发出轻微的响动。他放下提包，站在厨房里侧耳倾听里屋的动静。然后一边心中反感自己蹑手蹑脚的动作，一边走过去，随即轻轻地拉开卧室的隔扇，只见房间角落里有个蹲坐的人影。

"冴子……"俊一咽下似乎要从腹底涌上来的战栗，压低嗓音说道，"你在那里干什么呢？"

"请你出去！"冴子像拙劣的演员在念剧本台词似的说道。

"我刚刚回来，为什么非得再出去不可呢？"

俊一半开玩笑地严肃回应冴子，并慢慢地走进卧室。这时，一道混沌的亮光映入俊一的眼帘，冴子手中握着平时使用的不锈钢菜刀。她把端在腹部的刀刃与整个身体都直接冲着入侵者。俊一心想：危机终于来了！但不可思议的是，他没有丝毫的动摇，却产生了强烈的重复感。由于冴子动了刀子，所以俊一反倒豁出去了。

"你出去！我要叫警察啦！"

冴子用无处可逃似的目光盯着俊一。

"是我！你看清楚！"俊一苦口婆心地说道，"我现在慢慢地走过去，你可别误杀了我哟！"

"请你别过来！"冴子的语气比刚才细弱了许多。

所有一切都像在演戏。俊一感到，失去占部夫人这位主角的戏码，这回正在由自己和冴子继续演绎。

"明白了，我不过去！"他暂先采取听从妻子命令的姿态，"不过，你让我换一下衣服！我刚刚下班回来。我的便服不是挂在那儿吗？我现在就拿着衣服去对面房间里换上……可以吧？"

他装出漫不经心的样子走近冴子，并按照前面所说的步骤慢慢地实行，不做任何多余的动作。他就像在接受汽车驾校的考试，小心谨慎地照章行驶在规定的路线上。不过，他也有自己的鬼主意：只要事情能得到妥善解决，哪怕挨上一刀也罢。冴子纹丝不动地盯着他。他把后背暴露在冴子的视线中，用满不在乎的动作把挂在墙上的衣服连同衣架取下，然后迈开毫不恋战的步伐走出了房间。

俊一姑且先去起居室坐在被炉桌前，竖起耳朵细听隔壁房间的动静。他告诫自己：绝对不可轻举妄动！他把手边的报纸拉到面前正在浏览标题时，冴子面容憔悴不堪地走了进来。俊一把热水瓶里的开水倒进小茶壶里泡上茶，然后拿起一只茶杯递过去。冴子小声地道了谢，俊一做出无视妻子存在的样子继续翻看报纸。冴子接过茶杯一口都没喝，只是低头俯视默不作声。

"晚饭呢？"冴子战战兢兢地问道。

"还没吃呢！"俊一似乎在说这不是明摆着的事儿吗？

可是，冴子当然没有准备晚饭。

"冴子吃了吗？"

没有回答。俊一加强语气又问了一遍，冴子这才轻轻地摇了摇头。俊一拿起放在电话号码簿旁的外卖菜单，给一家估计会营业到很晚的餐馆打了电话，也不问那口子想吃什么就随心所欲地订了几个菜。

那天晚上，他主动与冴子做爱，从她身后浅浅地交合。女方把笨重的后背朝向他，平静而安详。俊一心想：冴子与其说是任凭他随意摆弄自己，不如说采取了只是单纯地把身体交给男人情欲的姿态。于是他觉得，自己似乎变成了被对方感受的卑贱动物。即使是在自欺欺人地勉强维持即将竭尽的欲望，肉体却也变得越来越没出息了。而且，只有意识正孤独地朝街道上溃逃而去。你寻求的男人究竟是谁？他在心中煽动起暴虐般的情绪，怀着轻薄一个素不相识的女人的心情，挺进在这几个月里丰盈到极致的躯体里。他又对如此轻薄女人的自己感到无法理解了。这个同时侵犯母亲和腹中胎儿的男子究竟是什么人？他是从哪里来的呢？双方似乎都在对方的体内迷惘彷徨。如此交合之后，两人都没有冲澡就沉沉入睡了。

不知睡了多长时间，没有清晰的时间概念。忽然，仿佛在轻浅睡眠的表面落下雨滴，门厅处发出微弱的响动。这响动被俊一的耳膜鲜明地捕捉到了。当他醒来时，眼前还残留着察觉到冴子已经不在的既视感（似曾见过）。他打开枕边台灯看了看表，时间刚过凌晨三点钟。他从起居室到厨房，把家中巡视了一圈，还是不见冴子的身影。他去查看了一下门厅，应该在睡前上好的门锁已被打开。他轻轻地咋了一下舌，立刻开始做出门的准备。

汽车零部件工厂的水银灯发出冰冻般的青白色光亮。俊一在自售机前向街道两头观望片刻，然后毫不犹豫地转过街角。如果想在这个时间打出租车的话，肯定要去车站。他为了争取时间而小跑了一阵，只见大街前方有个女人的身影正朝车站方向走去。

俊一虽然想控制前行的速度，但对方的步履时不时地有所减慢，所以双方的距离逐渐缩短，不久便能看清冴子的装束了。她身上罩了件平时很少穿出去的厚呢大衣。不知她打算去哪里,手里还提着大旅行包。她好像丝毫没有发觉身后追来的男子,在稍显模糊的路灯光线照射下,她的背影简直就像是个梦游病人。

俊一继续走近冴子并打了声招呼:"你要去哪里?"

冴子瞬间浑身紧绷,用迟缓的动作朝发声的方向转过头来。她先是用分不清对方是谁的眼神看看俊一,然后说出莫名其妙的理由:"我想吸几口凉气儿!"

"要是感冒可就麻烦啦!回家吧!"他用不想多问的语调规劝道。

"好吧!"冴子点点头,又开始向车站那边蹒跚前行。

"这么晚了还出来转悠,太危险啦!"俊一跟上冴子的步调说道,"你不也说过有很多危险人物吗?"

"不会有事儿的!"冴子用不值一提似的语调

说道,"谁爱搭理大肚婆呀?"

"所以更要小心啊!万一你摔倒了,孩子出了问题可怎么办?"俊一流利地连发几句,心中却对只在这种场合拿胎儿当盾牌的自己感到了几分愧疚。

这时,冴子凝视前方的目光有所松缓,随即自说自话地嘟囔道:"我在这样走路的时候,心情就会变得像死人一样。"

就从这天晚上开始,在第二天和第三天,冴子都会在夜里两点钟或三点钟不声不响地走出家门。俊一总是稳定情绪躺在被窝里,等待对方开始行动。当门锁一响他就马上起来,漫不经心地穿上羽绒夹克追踪而去。

冴子在走出家门时看上去似乎目标明确。但是,在走出一段路之后就开始步履沉重,不久便会在同一路段多次往返。在她身后跟踪的人,心中渐渐地产生了类似罪犯的愧疚感。于是,俊一瞅准冴子既不能前行,也不能返回的时机,小心谨慎地向她打招呼。无论他怎样装腔作势,那种原形毕露似的男子嗓音都会在深夜街角产生邪恶的反响,他感到非常厌恶。尽管两人在商量是出行还是回家,尽管他压低了嗓音,但还是不能相伴相随。不过,他俩看上去倒也并非不像曾经长期和睦相处过的男女。在双方把犹似相同主题变奏般的、不即不离的问答重复多遍之后,俊一终于连哄带劝地领着冴子回家,都已到该送早报的时间。

在一个未能结晶为雪花的冷雨从天而降之夜,冴子照旧不带雨伞就走出了家门。她在街上四处徘徊了一个小时,经过近似争风吃醋的斗嘴之后,在被淋得湿漉漉地回到家里时,竟浑身冷透甚至连牙关都咬不住了。俊一把冴子拖进浴室,一边向完全凉透的洗澡水里加热水,一边用脸盆从出水口接了热水朝穿着衣服瘫坐在地板上的笨重女人身上浇去。冴子神情恍惚地任由俊一摆弄,等到浴盆里加够热水且温度适当时,她自己脱掉衣服并毫不遮掩赤裸的身体,以与其说是孕妇,不如说是老年人般的动作泡进水中。俊一在池边用脸盆反复地向冴子身上浇热水,同时茫然地望着她那浮在浴盆中的浑圆乳房。

有一股雨的味道。冴子从浴室里出来后,俊一在被窝里轻缓地狎昵她的身体时想道。他想起曾几何时看过的画书:一个在罗生门楼上与男鬼玩双陆棋的汉子赢得了作为赌注的美女,但由于他违反约定提前去触摸美女,那美女顿时变成清水流走了。顺应因缘变成清水流走的十二层礼服美女与满脸无可奈何的表情正欲搂抱美女的戴黑漆高帽男子。俊一回想起这个传奇故事,觉得自己和冴子也违反了约定。

在只有肌肤轻触的悄然交合过程中,雨势骤然变得激烈起来,整座房子都被敲打铜盆般的嘈杂声笼罩。仿佛在呼应周围的喧嚣,刚才把雪白脊背对着俊一纹丝不动的冴子放纵地扭动身体。俊一刚想回应,她却先用肩膀做出抗拒动作,然后才招引拉拢、牵扯入港。俊一有些茫然自失,就像长久持续的高热突然减退并恢复正常似的停止了动作。他重新向冴子的身体进发,同时感到两人的欲望或者悔恨,之前在体内深处晦暗郁结的芥蒂,正在四分五裂地散落到从天而降的雨幕当中去。

雨点坠落在家家户户的屋顶上、院落里、街道柏油路上。他觉得两人的身体融化在滴滴雨点中并摔在坚硬的地面，有一种向四面八方飞溅般的解放感。如此这般，他已经不是他，冴子也不是冴子，而只是作为微小粒子的集合体无限地反复着离散与结合。他想跟冴子一同融入这铺天盖地的大雨，一同顺流而去，脑海里模糊地描画出两人流过路面、流过排水沟注入大海的情形，产生了深深融合的感觉。

第二天早上醒来，俊一找到了充斥在体内深处的热感。冴子还在沉睡，即使稍有响动也没有醒来的迹象。俊一告诉自己：无论如何都得去公司了，上班时间已经迫近。他出门时发声说出"今天是周五"，以此与星期达成了共识。熬过今天之后，就可以连续休息两天了。好像万事皆可依此顺利解决。他怀着此时不知是今日还是昨日的心情走出了家门。

俊一走出家门的时候，毫不掩饰自己为能离开伴侣而感到如释重负的厚颜无耻。正是每天都要离开这个家去公司上班，他才勉勉强强地坚持了下来。这也是不加任何伪装的真情实感。通过与冴子的妄念保持一定距离并将自己置身于众目睽睽之下，他才好歹算是得以保持住了正常的精神状态。不可思议的是，他把心理发生异常的妻子独自留在家里，自己却毫无后顾之忧。为了抚养她而不得不干活儿挣钱呀——这种极富现实性的挂虑与当前所面临的担忧巧妙相抵，心怀正常担忧的时期似乎也已一去不复返了。

一天的工作结束，可俊一却觉得想不起自己今天都干了些什么。在公司上班时都发生了什么事情，记忆当中竟然毫无保留。他好像让思考和感官都进入了麻痹状态，几乎是以日常惯性或近于无意识反复的感觉，完成了表面看似单纯作业的工作。尽管如此，仍未妨碍他顺利地完成当天的定额。这让他暂时松了一口气。

但是，当他走出公司时，却感到了死去活来般的疲倦。若说是身体上的疲倦，却又是一种模糊而不得要领的混沌感觉。仿佛心灵之芯已经萎靡不振，又像是无法化解的物体在硬缩之后化脓并从内部开始消融。他之所以会心血来潮地走进公司附近那家平时不屑一顾的弹子游戏厅，恐怕也是由这种郁积的烦闷情绪所促使。

他买了两千日元的钢珠试了试手气。虽然早已告别大学时代多年，但还是获得了出乎意料的战果。尽管他玩了近一个小时赢了满满一筐钢珠，却仍然不够兑换现金的数量，所以就全都换成了奖品。他说自己不抽烟所以不要香烟，并让店家酌情处理，于是得到了满满一纸袋巧克力和饼干。俊一心情相当不错，当宝贝似的抱着纸袋想把它作为礼品送给冴子，怀着比进来时倍加轻松的心情走出了店门。

但是，当他在电车里晃了二十分钟后走出车站时，心情又发生了变化。他无法与想要直接回家的自己达成共识。这个时间冴子恐怕已经进被窝了吧！然后还会在半夜过后起来外出并在街上徘徊到清晨吧！扔在厨房地板上的旅行包浮现在俊一眼前,里面杂乱地塞满了衣服和正在编织的毛线等物。先不说那包里的东西乱七八糟,只凭那是俊一以前用过的男款旅行包,就能更加明显地看出她已病得不轻。

如同走投无路的动物,俊一又朝商业街尽头的儿童公园走去。上次看到的那个流浪汉,此时还在凉亭里的长凳上。他还记得俊一的模样,轻松随意地打了声招呼:"你好,哥们儿!"

俊一默不作声地把装着奖品的纸袋递过去,流浪汉在接过纸袋前先警惕地朝里面瞅了瞅。

"玩打弹子啦?"他向俊一问道。

俊一听出他的语气中不信任感强于兴奋感。

"大家分着吃吧!"俊一掩饰地说道。

"可以吗?"流浪汉接过纸袋,再次窥视对方的脸。

"里面没有毒药哦!"俊一极力地开着玩笑。

"谢啦!"流浪汉忽然变得通情达理似的望着俊一,随即确信无疑似的说,"哥们儿,你准是干了不少坏事儿吧?"

第十七章

　　根据天气预报,今晚半夜之后会下雪。但是,对天气漠不关心的冴子却依然在午夜过后走出了家门。被响动惊醒的俊一心想:又开始了。前天晚上和昨天晚上重复发生过的事情,整个过程从头到尾毫无二致,今后仍将持续地反复下去。俊一所感到的与其说是绝望,不如说是深不见底的疲倦。因为每天还要上班干活儿,所以近来从没睡过好觉,体力和精力都已降到了极限。他真想无忧无虑地睡上一觉,哪怕只有几个小时,哪怕只有片刻时间,他真想贪婪地进入安眠。可是,一旦真的酣然入睡,恐怕就很难随时醒来了。如果每晚熟睡如泥,也许一切都会在不知不觉之间结束。

　　今夜,冴子也是迈着毫不留恋的步伐出走了。俊一觉得,她简直就像完全抛弃了过去和现在般计不返顾。俊一紧紧跟在冴子身后，同时感到自己好像一边走，一边还在向街坊邻居谢罪，心灵被郁闷的情绪扭曲。他还感到，流浪在深夜街头的自己仿佛置身于梦境当中。难道你就不困吗？俊一捯回自己快要出窍浮游的意识，向前行的女人问道。你是不是已经不知道什么叫困倦了呢？是不是彻夜不眠地在冰天雪地的大街上游走也不会感到疲倦呢？在千言万语涌到嘴边之间，心里却又觉得冴子十分可怜。

他感到风中含有冴子的味道，是一种可以称之为体香的明显的肌肤味道。冴子原先是个体香清淡的女子，头发的味道也不明显。那么，这种味道来自何处呢？……难道自己已经开始追忆往事了吗？

俊一在车站附近追上了冴子，并像前两次那样想哄劝她回家。但这次冴子却非常罕见地拒绝了丈夫的笼络，表现出抗拒的姿态。

"你要去哪儿？"俊一语气强硬地问道。

"我要去肚里孩子的父亲那儿！"冴子依然凝视远方干脆地答道。

由于冴子说得那么理所当然，所以俊一产生了疑念，开始意识到除了自己冴子是不是还有别的男人。但他随即驱散了刹那之间的错乱，抓住冴子的肩头把她转向自己这边。

"你打算给谁生孩子？"

冴子直勾勾地盯着俊一的面孔，就像在看素不相识的人。

"你到底是谁？"

听到冴子反问，俊一在一瞬之间似乎真的不知道自己是谁了。究竟是谁跟谁相逢了呢？当初相逢的两个人与现在的两个人是否完全相同呢？他戏弄着莫衷一是的疑问，同时感到像被父母抛弃的孩子般的痛苦。

过了片刻，冴子甩开伴侣的手，迈开固执的步履向前走去。俊一被无力感所笼罩，原地呆立不动。到底打算给谁生孩子呢？当他无力地向自己发问的同时，就已无法再与冴子拉开距离了。也许强迫自己把孩子当成别人的太难做到了——他设身处地地贴近冴子的内心想道。他对不停地踢蹬母亲肚皮的胎儿突然加深了亲近感，觉得自己暂时能与冴子共同拥有妄念的空间：那无疑就是我们的孩子！

天空中不知何时飘起雪花，没有撑伞的冴子头发和大衣上眼看着变成了白色。在雪花纷纷扬扬的深夜街头，身怀六甲的孤独女人蹒跚前行。俊一怀着永远都追赶不上的心情，无力地跟在她的身后。他双膝沉重，曾几次止步目送妻子渐行渐远的身影。而每次他都会在心里念叨：下雪了！冰冷的雪花落在冴子身上了！这样的话语似乎也唤起了他的信心，于是他再次追赶上去。

车站早已走过，而且放过了好几辆从前面行驶过来的空车。我这是走在什么地方？俊一也搞不明白了。雪花既不增强也不减弱地持续飘落。谁都无法阻止雪花飘落——俊一怀着某种超越临界值的心情想道。恐怕大雪一直会下到将地上一切全都覆盖吧！

来到架在宽阔河道上的大桥，冴子伫立桥头。周围已经没有人家，在堆积着污泥的瘠薄河道里，繁茂地生长着类似芦苇的水生植物。冴子在长长的大桥上开始向另一端走去,途中忽然停下脚步并仰望天空,那里只有灰色的雪云和漫天飞舞的雪花。俊一慢慢地走近冴子,把手搭在她的肩头。冴子转过脸来,眼睛里开始流露出厌恶的神情。过了片刻,仿佛落在脸颊上的雪花融化一般,她又恢复了原先毫无表情的面容。

"我想回去!"冴子说道。

"回去吧!"

"可是,没有地方可以回去啊!"

"我领你回去呗!"

"我不能和你一起去!"冴子平静地拒绝道。

"你不要这样说嘛!"刚刚说出这句话,俊一就感到心神不定。但是,这种感觉来自何处,他已无从知晓了。

"我必须一个人去才行啊!"

"我也去嘛!"

"我想去的地方是你去不了的地方呀!"

"你为什么这样说呢?"

正在这时,从大桥对面驶来的出租车看到两人就开始减速。俊一毫不迟疑地扬起手来，出租车司机再次减速，并用疑惑的目光望着站在大桥中央的两个人。突然，冴子朝桥栏杆跑去，只顾注意出租车的俊一措手不及，没有立刻反应过来。当他慢了半拍紧紧抓住冴子时，她的身体重心已经倒向悬空。几米距离之下就是幽暗的流水，湍急之剧超乎想象。俊一拼命地抓住冴子，耳旁听到一声沉闷的落水声。俊一确认已经抓住了冴子的身体，随即朝桥下望去。从栏杆旁投下的路灯光线，仅在数秒之内捕捉到随着浑水漂走的提包。

两人失魂落魄地靠在栏杆上，周围飘散着臭水沟的气味，还有轻微的海腥味。出租车已不见了踪影。俊一慢慢伸出一只手，用指尖和手掌拂去冴子头发和肩头上的积雪。然后，他又把她贴在前额的湿发左右分开。

"你是那些人的同伙吗？"冴子的说法具有奇妙的距离感，却问得十分谦和。

"我吧……"俊一不由得哑口语塞，随即嗓音嘶哑地接着说道，"我是冴子的同伙呀！我是冴子和肚里孩子的同伙嘛！"

"那你就必须跟我们一起逃走啦！"她用一个变数一个解的口吻进一步逼问，"你跟我们一起逃走吗？"

"当然要逃走！咱们一起逃走吧！"

"抛弃一切吗？"

"嗯，抛弃一切！"

"工作也辞掉吗？"

"工作也辞掉呀！跟冴子逃走就是我的工作啊！"

"能逃得了吗？"冴子马后炮似的说出了自己的忧虑。

"瞧我的吧！准能办好！"说完这句话的同时，俊一心里感到一阵欢腾，长期以来的忧虑似乎都已烟消云散。

"我想去任何人都无法追到的地方呀！"冴子附和着丈夫的快活语调。

"不让任何人知道，咱们就从这里消失吧！"俊一郑重其事地接受了冴子的恳求，顺嘴说出此前从未想到过的事情，"就去没人认识咱们的地方生下孩子，然后咱俩一起养活。"

俊一双手捧住冴子的脸颊，感到自己的面孔已然变成另一个陌生男人。冴子任凭俊一摆弄，脸上露出仿佛想起什么似的，或是开始忘掉一切似的虚妄表情。她的脸颊像冰块般冷彻，俊一感到那种冷彻仿佛就在自己身上。他又陷入了错觉，觉得正在雪中追寻的就是自己。

第二天早上，下起了本地八年不遇的大雪。高速公路实施封闭，电车晚点，都市区域内的汽车持续缓慢行驶。在大雪覆盖的城市里，两人没有迈出家门一步，屏息吞声地度过了星期天。冴子拿出家里所有的存折摆在被炉桌上，把存款和储蓄计算了一遍。然后，她又打开自售机营业账本，记下尚未结算的款项。俊一也给冴子帮忙，整理着各种票据。既没开电视机也没开组合音响的家中十分宁静。在两人弄出的响动之间，偶尔可以听到大街上汽车防滑链的碾压声。当汽车驶过之后，家中的宁静益发突显。

"多亏了天降瑞雪啊！"冴子停下正在记账的

手,眼睛转向比平日明亮许多的窗外,"那些人在积雪全部融化之前,应该是不会来啦!咱们就趁这个机会把一切都整理好吧!"

"把多余的东西都换成现金吧!"俊一回应道。"这段时间恐怕没有收入,得做好心理准备呀!"

"我想,半年或一年的生活费应该没有问题!"冴子望着记了某些数字的账面一本正经地说道,"更重要的是,可千万别做出什么惹人注意的事情哦!要是引起周围人的怀疑报了警,那可就麻烦大啦!"

"我会尽量避免做出引人怀疑与事件有关的事情。"俊一夸张地赞同道。

"你能跟姑姑解释清楚吗?"

"我就说,冴子回娘家生养孩子去了,因为我一个人打理不了自售机,所以决定搬到更小些的公寓去。就说这些理由。"

"那就可以啦!家具怎么办呢?"

"我打算给这儿打个电话,叫他们来收购一下。"

俊一取出夹在报纸里的旧货回收站小广告给冴子看,上面写着收购淘汰不用的自行车、摩托车和家用电器。

"家具也收吗?"

"只要多少给点儿钱就让他们拿走吧!"

"反正除了随身携带的东西以外,全都处理掉吧!"

"我明白!"

"在那些人追来的时候还得马上转移呢!"

"书籍也得处理掉呀!"

"你有点儿舍不得吧?"

"几乎都是些不看的书。如果需要的话,还可以再买嘛!"

冴子简单地做了晚饭,然后持续整理到夜里很晚。俊一则在自己的房间整理书籍,能卖的就卖掉,剩下的只好当作大件垃圾放到回收站去了。虽然这是他自己拥有物品中唯一挚爱的东西,但现在却毫不留恋地撒手舍弃了。他把书籍尽量地高高摞起,然后用尼龙绳捆绑起来,并从中感到把往事全部打包一笔勾销般的清爽。他只考虑要把一切全都舍弃掉,"净身出户"地离开这个地方。

当他继续干脆麻利地整理打包时，忽然觉得另外一个自己正在客观地审视自己的行动。忘记是从哪儿看来的了，他脑海里浮现出"佯狂"这么个古代色彩浓厚的词语，意思是说：用装疯卖傻的方式摆脱从天而降的危机。如果用当代的词语来解释，可不可以称之为"因精神失常而免责"呢？不管怎样解释，好像只要脱离了理性的圈域，人就可以得到无罪释放。我精神失常了吗？他毫无严肃性地扪心自问。抑或是想用装疯卖傻的方式巧妙地逃之夭夭吗？可是，一旦把思路转换到偕同冴子潜逃，他又觉得每天两点一线来往于家与公司之间，勤勤恳恳工作的身影倒像是精神失常了。他觉得似乎也可以认为：通过逃离反倒能幡然梦醒、恢复正常。

究竟是哪一种精神状态能够算作正常呢？他再次停下手来叩问自己。不应该是工作！已经约定小宝宝出生后暂先作为俊一夫妻的孩子提交出生申报。而下一步他们将放弃亲权，改由阿泉夫妻收作养子。从法律来讲应该没有问题。俊一自己也一直把这些看作既定程序，并先验性地确信孩子就是属于阿泉夫妻的，丝毫没有怀疑由遗传学说所保护的亲权。不过，只要仔细想想就能理解，在这半年多的时间里，日日夜夜持续与胎儿直接相处的应该是冴子。那么，她的亲权又该如何看待呢？

自古以来，孩子曾是从超越人类智慧的遥远空间带来的恩惠，而现在却必须通过挑战和开发肉体才能得到。这是人类持续对大自然施加的经济性行为。其结果，未被开发的大自然已从地球上消失了踪影，甚至连子宫都失去了自然性。那里已不是连接未来和宇宙的神秘空间，而是成为由人类的知识和欲望操控的一个经济领域。在冴子的子宫内，安装了资本主义的野蛮。在抗拒这种野蛮的过程中，她的疯癫也许正是健全的精神状态。

第二天，大雪仍未消退。比平时延迟送达的报纸，报道了都市因大雪引起的混乱。空中与陆地的交通全部瘫痪，灾情波及日常生活的角角落落。沉重的积雪压断了电缆，造成数万户居民家中停电。电话也变得很难打通，数十人在路上行走时滑倒受伤。有人在上班途中被行驶在冻冰车道上打滑的汽车撞倒。停车等候绿灯的轿车被大货车追尾。在坡道和台阶上滑倒的人频频出现。急救车出动却造成了交通事故。都市在大雪天气下的脆弱,被报道描述得淋漓尽致。

冴子煮好了米饭,又用现成的食材做了酱汤。两人就着冰箱里剩下的海味小食品和紫菜,吃完了早、中兼顾的便餐。然后,两人用与昨天毫无差异的动作继续整理家中物品。两人干得兴高采烈、热火朝天,似乎乐此不疲,并感到浑身拥有取之不尽,用之不竭的活力。如此这般豁达开朗地忙活了一天的夫妻俩,到了傍晚时分却变得沉默寡言,就像充电即将耗尽的机器一般,动作也迟缓下来。

晚饭之后,两人把腿脚伸进留在起居室里的被炉桌下,一边吸溜着早已冲淡的乏茶,一边像缘分已尽的男女提出分手似的,商量未知是否具有现实性的逃离计划,借此打发剩余时光。

大部分家具已按搬运的顺序,塞进连着门厅的木地板房间。最初曾考虑到今后的利用价值,已把决定处理的家具和准备转让的家具分别码放。但是，心态一旦越过某条界线向弃之无妨倾斜时，俊一就觉得身边有这么多劳什子简直是岂有此理。这样一来，不管是需要的东西，还是不需要的东西，也不管是否可以变卖现金的东西，全都变成了极为可恨的对象。

"全都整理完啦！"望着大煞风景的房间，俊一仿佛刚刚发现似的惊叹道，"简直就像财产被查扣了一样！"

"就像要趁夜逃跑一样啊！"冴子天真烂漫地说道。

"本来就是名副其实的趁夜逃跑嘛！"俊一苦笑道。

"就算是咱们的新婚旅行吧！"

"你怎么会有这么奇怪的想法啊？"俊一轻轻反驳道。但同时内心又对"新婚旅行"这个词语感到兴奋不已。

"那是因为咱们没有去过嘛！"冴子面带钻牛角尖的神情望着丈夫。

"真对不起呀！都怪我没出息！"

夜深了，两人交替地洗了澡，把剩下的一床被褥铺在被炉桌旁就睡下了。冴子摊开不知何时买来的测字取名的书，左思右想地考虑给即将出生的孩子起名字。

"汉字就用真实的'实'字，读音就用'minori'怎么样？"冴子用不着边际的语调说道，"书上说，这个字的笔画数也很吉利呢！"

"那是女孩儿的名字吗？"

"当然是女孩儿啦！要是男孩儿的话，就用言字旁的'诚'字！"

"组成熟语就是'诚实'啦！"

"照你那么说，还真是那么回事儿呢！"

"你是在征求我的意见吗？"

稍做停顿，冴子颇感滑稽似的笑了。

"那倒也不是哦！"

经过如此对话，俊一倒觉得冴子的妄念和癫狂全都不复存在了。但另一方面他又感到：处在平稳时期中的两个人，正生存在比为异常举动忘我时更加深重的癫狂当中。尽管谈论的话题都很正常,但对话完成所依凭的基础却岌岌可危。

"不过,这名字叫人怪郁闷啊!"他像要驱散内心思绪似的说道,"不管是'诚'还是'实'!"

"我不喜欢太讲究的名字嘛!"

"'冴子'这个名字就不错啊!"

"是吗?"

"我喜欢!"

两人卿卿我我地说起私房话来,最后不知由谁收起了话头。

接下来的这天,两人也一直在整理琐碎物品。灰色阴云完全退去,蔚蓝的天空一望无际,久违的太阳照得屋顶积雪闪闪发光。日历翻到了星期二,在下午过半时门厅处传来了叩击声。冴子浑身紧绷地望着俊一。

"会是谁呢?"俊一压低了嗓音。

"你去看看!"冴子怯生生地说道。

俊一打开门厅,却是街坊邻居家的主妇,说自售机里的香烟几乎全都售罄,担心发生什么事情,所以过来看看。俊一适当地找些理由解释一番把对方打发走，回到起居室却见听到门厅对话的冴子眉间皱起深纹，咬着嘴唇。

"疏忽了吧？"冴子懊悔不迭地说道，"明明已经想方设法地避免引起周围注意，却在最要紧的地方出了纰漏。"

傍晚时分，这回是公司的坂口登门造访。他说，因为俊一连续两天无故缺勤，担心发生了什么事情，所以过来看看。俊一还是堵在门外应付来客。

"电话也打不通，手机也打不通，我真担心出什么事儿了呢！"说着，这位晚辈同事若无其事地窥探家中的动静。

"给你添麻烦了，实在不好意思。"俊一郑重其事地鞠躬，"我自己倒是没什么，可是老婆病倒了，好像是得了流感。"

"今年流感很邪乎呀！"

"我本来想打电话说一下，可电话又不能用，所以简直没办法啊！"

"不过，这下我就放心了！"对方用无意细问的语气说道,"大家都很担心,说一定是发生了什么事情。女孩儿们更是不负责任地浮想联翩。我想,你肯定是跟松尾先生一样浪迹天涯了……"可能是看到俊一跟平时没什么两样就放心了,坂口甚至开起玩笑来。

"我想办法明天去公司照个面吧!"

"你不用勉强,我可以去跟总务科说一说。如果你能上班当然更好,要是来不了的话,我还会来看你的。"

对方爽快利落地说出自己的预判之后,向难为情地默然伫立的俊一留下一句"那你多保重吧"就走了。

回到起居室的俊一说:"我也疏忽了,"然后挠着头向冴子报告了刚才的对话,"我把公司的事情忘得一干二净啦!"

"咱们得抓紧时间啊!"说着,冴子不胜其烦地把耷拉在脸上的头发撩上去,"行李暂时先这样放着,咱们今晚就出发吧!"

"明白了!"俊一像是决定放弃一切了似的赞

同道。

"出发前吃点儿什么吧!"

"最好再打个盹儿!"

吃完了简单的晚饭,两人早早地就在起居室里铺好被褥睡下了。刚刚有点儿昏昏欲睡却又清醒过来,随即又进入了短暂的睡眠。然后又醒了睡、睡了醒。俊一偶尔把冴子搂过来,但并未产生更强烈的欲望。当他用力拥抱时,又担心冴子的身体承受不了。于是,他减轻了胳膊上的力量,安抚似的摩挲着冴子的背部。不久,他又迷糊过去了。

在迷迷糊糊之中,冴子全身好几次微微抽搐。虽然只是类似惊悸或恐惧的瞬间异变,但每次俊一都会从浅睡中惊醒。房间里弥漫着一种既非汗味亦非体香的甜酸气味。这种气味也充斥了俊一的大脑,不久他就沉沉睡去了。

不知睡了多长时间,俊一突然感到有人摇晃自己的肩头。他心想这下可糟了,慌忙从被窝里坐了起来。

"怎么啦?"

"赶快逃呀！"冴子好像不言而喻似的答道，"再磨蹭下去，那些人就要来啦！"

听到此话，俊一手忙脚乱地开始准备，有临时的换洗衣物和洗漱用具，还有当前所需日常用品等等。如果按照常识性的出逃进行准备，一个提包很难装得下。带不走的就放弃，只把现金和存折等贵重物品麻利地扔进提包。俊一觉得冴子这种归类方法不免有些卑俗，但又非常羡慕她漫不经心的大大咧咧。就在这时，冴子已把家中门窗全都关好了。

"好啦，出发吧！"冴子拿起自己的提包快活地说道。

"好嘞，来啦！"俊一也精神饱满地回应道。

气温恐怕已经降到接近零度了。夜空中升起晶莹澄澈的明月。

"没必要赶那么急哦！"俊一放慢脚步，体恤着预产期临近的妻子。

"没事儿！"冴子盯着前方呼出白色的热气。

整个城市仿佛都被冻结，通向私铁车站的大街几乎没有车辆行驶。路上除了他俩之外没有其他行人，转换为夜间模式的黄色信号灯忽亮忽灭。冴子抓住俊一的上臂向前走，但毫无撒娇作态的意思。看到冴子那孤独静默的样子，俊一倒觉得她正向只身一人的空间走去。刚才气喘吁吁盯着地面前行的冴子突然停下了脚步。

"街角的对面，那些人就等在那里。"

俊一朝冴子注视的前方暗影处望去：前方十米处是高台石墙，道路在那里向左右两侧直角转弯。电路接触不良的荧光灯，忽闪忽闪地把发白的亮光投在路面上。

"好像没有人啊！"

冴子目不转睛地注视着街角暗处纹丝不动。

"有人……"冴子确信无疑似的嘟囔道，"我能看见！"

"往回走吧！"

冴子默默地点点头。正在两人开始朝来路折返时，前方出现了汽车灯光并向这边驶近。汽车以常人跑步的速度正朝这边驶来。

"咱们被堵截啦!"冴子露骨地做出恐惧的表情。

"不要紧!咱们继续往前走,把它让过去!"

俊一牵着冴子的手继续向前走。汽车减速向这边驶来,车灯照在结冰的路面,反射出刺眼的亮光。他们与汽车之间没有岔路口,前方是迫近的汽车,后方是封堵退路的无形追兵,两人就夹在中间继续向前走去。

当两人正要与汽车擦身而过时,副驾驶席的窗玻璃静静地放下。冴子想要逃跑,俊一死死地抓住了她的胳膊。

"时间这么晚了,你们怎么回事儿啊?"年轻警官从车窗露出脸来问道。

"家里老人病危,"俊一情急之中撒了谎,"刚才接到电话,我们就急急忙忙地出来了。"

警车就停在了他们旁边。

"你们打算去哪里呀?"听说话的口气,警官似乎立刻就会下车。

"先去车站吧!"

"去车站方向不对呀!"

"我们想抄近路来着,但好像走错了。"

"这个时间已经没有列车了呀!"

"我们打算等早上第一趟车。"

"还有好几个小时呢!"

警官看看表,又抬头望着俊一和冴子。

"哎,快跑吧!"冴子向俊一耳语道。

冴子的话好像没有传进警官的耳朵,真是万幸。

"太太有喜了吧?"对方用略带亲切感的语调说道,"别太劳累了,还是回家去吧!如果不介意的话,我送你们回去怎么样?"

冴子想甩开俊一的手逃跑,俊一在抓着她的手上加了劲儿。

"不,没有那个必要,"俊一极力地掩饰道,"我们打出租车回家!"

"出租车也没有啦!"警官似乎对两人的举动有所怀疑,不愿就这样轻易地放两人走。

"请你别管我们啦!"

"冴子……"俊一简短地呵责道。然后,他

抬眼望着警官心想：这下警官们恐怕不会放过自己了。

可是，对方看到两人发生争执，反倒放松了警觉。他可能是想象到：夫妻俩在深夜街道上茫然无措，肯定是内有隐情。

"我不知道你们发生了什么情况。不过，还是请你们先回家吧！"警官已开始用善后处理的语气重复催促了，"这一带频繁发生小火警呢！派出所也要求我们加强巡逻。在这种时期，请你们不要在深夜做出令人生疑的举动。"

警官最后采用了告诫的语调。

"走掉了！"

看着巡逻车从身旁驶离，俊一自言自语似的嘟囔道。这时，他感到抓着他胳膊的手倏然失去力量，冴子就像腰部截瘫了似的倒在冰凉的路面上。俊一赶忙把她抱起来，路灯的光线映照着冴子失血的脸庞。她鼻尖上冒出汗珠，松弛的唇间露出了单薄的舌尖。从她痛苦的表情下面，吐露出沉闷的呻吟声。

"你怎么啦？肚子疼吗？"

俊一边问边仔细观察，只见冴子的腰下像撒了水似的透湿，从散乱裙摆下露出的脚上沾染了大量鲜血。

第十八章

　　由于胎盘提前剥离而停止供氧，胎儿在经过剖宫手术取出时已经死亡。胎儿体重达到两千克，已发育到基本能在子宫外部存活的状态。在手术之后，母体仍处于危险之中。冴子从重症监护室转到普通病房并出院，是在半个月之后。其间，婴儿的遗体由俊一送去火化。在户籍当中，死去的婴儿被作为俊一夫妻的第一子对待。孩子没有名字，户籍上只写着"女孩"。装在小陶罐里的骨灰也由俊一领取。他买来白布，罩在平时不用的折叠式小矮桌上，放在起居室一角布置成临时凑合的祭坛上。

　　在冴子住院期间，阿泉每天都往医院里跑。而且，她在姐姐面前用形同外人般的话语谢罪和忏悔："我真不该委托姐姐做这样的事情，不管怎样，希望姐姐早日康复，我已经放弃要孩子的念头了，我为了要自己的孩子而置他人生命于危险之中,不可饶恕……"阿泉流露出钻牛角尖似的表情念叨着这类车轱辘话。冴子一直保持着精神恍惚的表情,偶尔厌烦似的皱着眉头聆听妹妹说的话。

心念停留在原先的位置,无论怎样都难以转向并前进。无以言喻的感情就像被冷风吹落的树叶,时而随风飘舞,时而坠落成堆。时间的概念已很淡漠,有时仿佛三四天捆绑在一起流过,有时却像固定在某日凝滞不动。尽管如此,冴子的身体还是顺利地康复了。其实本来也就没有生病,不如说近似于受伤或遭遇了意外事故。随着一天天过去,孩子的死也就平稳地渐渐远去了。

返回家中,只见映入眼帘的物件都那么怪异而陌生,恍若离家已过多年。大部分包裹都由俊一打开,并收存在原来的位置,而冴子则产生了由自己重新把那些东西一一整理收起的冲动。她感到没有自己的容身之处,心中忐忑不安并难以把持自己。她无论做什么事情都不胜其烦,而且没有耐心。煮饭做菜和洗衣清扫等最低限度的家务,她都以不伤身体为前提去完成。从送丈夫上班走后直到临近傍晚，很多时间她都躺在被窝里。外出是几乎没有了，但即便如此，到了周末她仍会感到似乎有些过度疲劳。所以，星期六和星期天就把家务全都交给俊一，自己则会睡上一整天。

从出院前后开始，冴子睡觉就开始做梦了，多次反复出现同样的梦境：自己仿佛置身于晚霞当中，周围景色全都染成了殷红。天空、山峦、河滩、流水，全都像罩上了红色滤镜。在河对岸，孤零零地坐着一个小女孩。虽然河面只有区区几米宽，但小女孩的身影却显得那么小。她在干什么呢？冴子疑惑地望着那个小女孩。从这边无法向她打招呼，而对方也没有察觉到这边有人，甚至连头都不抬一下。看样子，小女孩是想用河滩上的石块垒成一座小塔。她十分认真地选择石块，并用稚拙的动作叠摞上去。那动作有时会显示出厌倦反复似的迹象。那举止虽然幼稚，却又老气，就像背负了长年的辛劳般沉重。突然，小女孩的脸上恢复了精气神……转瞬间却又"啊"地绷紧脸庞，露出失态的表情，并慌忙伸手按住倾倒的石塔，可是已经来不及了。石塔惨不忍睹地溃塌下来，垒起的石块无情地散落在河滩上。

冴子在梦中碰到"阿赛的河滩"这样一个词语。幼年夭折的孩子会在杳无人迹的寂寥河滩上垒石塔，为的是抚慰父母哀伤的心灵。可是，魔鬼却会跑来把石塔破坏掉。于是，孩子们又得从头开始捡来石头垒塔，而刚垒起来就又被破坏了。她觉得那是永无止境的徒劳。当她疲惫不堪地醒来时，窗外已经快天亮了。刚才垒塔失败带来的沮丧情绪，仿佛黎明时的皓月般残留在她心里。

夫妻俩每天都在一起吃简朴而冷清的晚饭。吃过晚饭之后，两人就在起居室的被炉桌旁度过无聊的时光。像"我去拿些茶点吧""我来削水果吧"这类事情，两人都没心思去做。他们几乎连话都不太说，似乎也不会感到这样有些尴尬。冴子脸上虽已露出困倦，却从不主动说自己先去睡觉。俊一也是一边把哈欠憋回去，一边啜饮已经冲淡了的茶水。两人如此这般谁都不问、谁都不说地度过犹似怨恨的晚间静寂，感受着透明的哀伤。

有一次，两人昏昏欲睡的眼睛似乎无处可看地碰在一起。旋即避开俊一眼睛的冴子把视线投向连着门厅的木地板房间，并用不容申辩的语调开了口。

"弄错了吧？"

"什么弄错啦？"俊一提心吊胆地反问道。

"所有的一切……"冴子的语气又显得有些迷惑，随即夸张地说，"做出了无法挽回的事情！"

俊一预料到冴子想要判罪的言辞，不由自主地装起糊涂来。然后，他又像对物品进行估价似的望着对方的脸。

"不，弄错的是我！"俊一说道，"是我弄错了！"

冴子依然表情含糊，呆呆地考虑着什么。

"我觉得应该是按照正确的路子走过来的。但是，在只顾盯着脚下向前走时就看不到全局了。所以，些微的误差逐渐积累起来，就越来越偏离正确的路子啦！"

到了最后，俊一的语调变得似乎在说别人的事情。自己确实做错了事情，犯下了无法挽回的错误。

不过，那是谁的错误呢？虽然他已经承认是自己的过错，但那个"自己"却是一种遥不可及的存在。他感到，那个过错与犯下过错的自己，仿佛都处于不与现在交会的时空之内。

俊一被敲门声惊醒，打开门就看到阿泉夫妻站在面前。

"你们是想带着孩子逃走吗？"敏夫的语气似乎有点儿公事公办的意思。

考虑到冴子还在熟睡，俊一用身体挡住门并背着手关上门，随即推着两人来到外边。

"那也是我们的孩子！"俊一说道。

"你胡说什么……"敏夫不知说什么好，眼睛看着伴侣。

"我们并没有打算让孩子远离姐姐姐夫呀！"阿泉急忙劝解道，"你们随时都可以来看孩子，因为那是大家的孩子嘛！"

"所以我说过嘛，"敏夫垂下头压低了嗓音，"这种事儿找亲戚反倒更麻烦了。还不如找个明着要钱的女人，事后就不会发生纠纷了。那样才省心呢！要是通过中介在美国找个人的话，就不会发展到这个地步了。"

"你最后不是也同意了吗？"

"我没法儿不同意啊！因为是你的亲属嘛！"

"事到如今，你居然能说出这种话来！当初是谁说委托了亲属太好啦？"

"你闭嘴好不好？"

"你让我闭嘴？本来你就……"

杀掉他们，然后伪装成发生了事故怎么样？俊一望着两人争吵的情景心里想道。那样一来，孩子就是我们的了，以后就可以不受任何人干扰地在三人世界中乐享天伦了。

一觉醒来，俊一看看枕边的表，已经是上午九点多了。他慌忙就要起身，却又想到今天是星期六。旁边的被窝里，冴子稍稍抽动了一下身体。俊一悄悄地溜出被窝，把起居室的窗帘拉开一半，从窗口望着寂寥的后院。可以看到在山茶树篱周围有小鸟飞舞的身影，好像是绣眼鸟夫妻来吸吮山茶花蜜了。

望着眼前的情景，俊一的波动情绪略微缓解了一些。然后，他又怀着事情已得到应该得到的解决的心情推测：假如孩子平平安安地出生了又会怎样？假如冴子硬是抱着孩子不放手，自己应该站在哪一方呢？自己会说服妻子呢，还是做好打官司的准备跟阿泉夫妻争论一番呢？从法律上来讲，孩子应属于自己和冴子。自己和冴子会不会以此为盾牌不顾体面地上演一场近于狂乱的闹剧呢？

俊一感到，自己与冴子夫妻俩各自获得了不同的体验：阿泉夫妻的胚胎被植入冴子的子宫，并渐渐具备了人类的形态。冴子似乎将此作为完全别样的过程进行了体验。她把别人的孩子当作自己的孩子来孕育。而对于俊一来说，别人的孩子则永远都是别人的孩子。尽管两人走过的应该是同一条道路，但眼下却站在伸手不可及的远隔空间。

俊一觉得自己好像发了一会儿呆，突然被电话铃声拉回现实。听到电话铃声时，他又感到铃声似乎已响了很久。他想到反正铃声会自动停止，心里反倒满不在乎了。在他拿起电话之前，铃声依然十分执着地持续鸣响。

"你是不是已经休息啦?"一个曾经听过的嗓音问道,"一大早打电话实在不好意思,是这么回事儿……"

坂口简短地讲述了松尾亡故的情况。坂口说时间是在前天凌晨,所以俊一自以为是地想到守灵和葬礼都应该已经举行过了。可坂口却说:"守灵已在当天夜里举行过,但葬礼安排在明天下午。"为什么守灵与葬礼之间要相隔两天之久呢?坂口似乎察觉到对方疑惑的心情,直截了当地讲明了原因:"听说殡仪馆太拥挤了!"因为冬季保存遗体较为容易,所以反倒便于通知住在远方的亲戚赶来,于是亲属们就没有赶着操办丧事。坂口本人也是到昨天夜里刚刚得知消息,虽然觉得有点儿多管闲事,但还是打来了电话。

第二天正午过后,俊一穿上黑色正装走出家门。坂口通知的殡仪馆位于乘坐出租车二十分钟即可到达的地点,但因为时间绰绰有余,所以俊一决定像平时上班一样，从私铁车站乘电车再转车去。

当他调整了步行时间稍稍提前到达现场时，看到已有很多参会者聚集在那里，殡仪馆里熙熙攘攘。在祭坛旁摆放的花束上，写着银行行长、分行行长、有业务往来的公司等名称。其中有几个人似曾相识。俊一在后边找地方坐下之后不久，葬礼就开始了。

由真宗派僧侣诵经的过程较为简短。这可能是当代的风气吧！俊一想起了这几年来参加过的几场葬礼。葬礼开始，先由银行方面的代表致悼词，接下来由逝者的长子——一个二十五岁左右的男青年用庄重圆熟的嗓音代表遗属致辞，然后就是循规蹈矩的敬香过程。俊一排在队列后边敬香完毕，跟夫人交谈了几句就要直接离开会场。当他领取答谢礼品走出会场时，坂口过来打招呼了。

"你辛苦啦！这就回家吗？"坂口不等对方回答就邀请说，"去喝杯茶吧！"

俊一稍稍犹豫了一下说："我倒是没事儿，你自己能脱身吗？"说完便做出找人的样子朝周围张望。

坂口似乎领会到俊一的心意:"她跟职场的同事们留下帮忙,然后才回家呢!"

两人走进车站前的茶馆,俊一向前来订饮品的女招待要了咖啡。而坂口仔细看了品目单后,说出一个不太常见的红茶品牌。过了一阵又进来三个男子,好像也是参加葬礼后从殡仪馆过来的。看到先进来的客人,其中一位点头致意。俊一两人也轻轻回礼。从举止态度上看,他们像是银行方面的人士。

"升到松尾先生那样的职位,举行葬礼如果没有这么大的殡仪馆恐怕还坐不下呢!"坂口一边用湿手巾擦手,一边说道。

"可能是因为他交际很广吧!"

"这不是连咱们都参加了嘛!"

女招待端来咖啡,然后把空茶杯放在坂口面前,并用瓷壶倒上了红茶。坂口用指尖捏住并掀开留在餐桌上的茶壶盖,向里面瞅瞅,然后皱着眉头说:"茶叶泡得太开啦!"

然后,坂口开始简明扼要地讲述松尾住院后的经过。在医院里抽取腹水之后,病人的健康状况暂时有所好转，食欲也有所增强。但是，腹水立刻又开始蓄积，而体重却持续减轻，后来就再没恢复过来。

"听说，他就坐在病房的椅子上断了气。"坂口用薄瓷杯有滋有味地喝口红茶水，说到了逝者的临终状况，"护士早上查房时看见后还向他打招呼，根本没想到他已经死了。"

"他就那样安然去世啦！"

"嗯，是啊！也许亲属们还觉得过于平淡了呢！"过了片刻，俊一把咖啡杯端到嘴边抬头问道，"他多大年纪啦？"

"享年五十六岁。诵经当中提到过吧！"

在诵经时听漏了的俊一叹息似的自言自语道："英年早逝啊！"

"不过吧，尽管被宣告了癌症晚期，但他并没有对医生言听计从，而是按照自己选择的方式进行疗养，也没给家里人强加太大的负担，最后安详地辞世。所以，这或许是个不错的结局呢！"

坂口像说服自己似的讲完，把茶壶里剩下的茶水加在茶杯里。几拨顾客结过账走出茶馆,后面只剩参加过葬礼的男人们,店内忽然安静下来。俊一手指搭在杯把儿上,却没立即端向嘴边,只是呆呆地望着西斜阳光照射的窗外。他忽然像想起什么似的扭头,用稍显明快的语调说道:"他当时是不是在练气功呢?"

坂口抬起发愣的脸,莫名其妙地望着眼前的俊一,旋即含着笑意反驳道:"怎么会呢?你想得太多啦!"

"是吗?"俊一不太服气地说道。

"大概是半夜醒来想去小便,但是已经走不动了。然后,坐在椅子上休息时就那样断了气……我认为就是这样呀!"坂口的话听上去倒也不像含有贬损逝者的意味。

"不过,因为谁都没看见嘛!"俊一较起真儿来。

"当然谁都没看见,而且也不可能去问本人,所以真相已无法搞清啦!"

此后两人无话可说,都觉得是时候该撤了。俊一再次把视线投向窗外,那里洋溢着春意绵绵的阳光。他想去外面沐浴在阳光之下。他伸手拿起放在餐桌一角的账单，而坂口似乎正在考虑别的什么事情，在俊一催促下才不太情愿地站起身来。

第十九章

三月也即将过去。一个星期天的下午，从附近书店返回家中的俊一朝后院张望，看到山茶树篱近旁蜷卧着一只正在睡觉的茶色狸猫。掠过房檐的一束阳光恰好晒到那个位置。它像是以前由一只黑白花母猫领到这里来的小猫仔之一。虽然它还保留着原先的相貌，但身体却长得很大，今非昔比了。俊一产生了被狐狸精迷住般的感觉，那狸猫就像是有人用魔法变出来的。

俊一向正在熨烫衣物的冴子招呼一声，站起身走过来的冴子眯着眼睛透过窗玻璃朝外望去。

"活得挺好嘛！"冴子说道。

"长得很壮实呀！"

"另一只不知道怎么样了！"

"肯定在别处也活得不错吧！"

两人并肩站立望着后院。周围飘散着刚洗好衣物的味道。那是洗衣皂、太阳光和热能的混合味。

"回老家看看吧!"俊一唐突地提出这样的计划。当他说出口时,想法就已开始确定。"而且,孩子也不能不下葬啊!"

当他控制住情绪补充了理由时,冴子慢慢转过头去,呆呆地把视线投向房间角落的祭坛。小小的牌位上,用花里胡哨的笔体写着戒名。

"连个俗名都没有而只有戒名,这孩子真可怜啊!"

说完这句话,两人噤口无语,似乎在隔着窗户体味阳光的温煦。

"那怎么跟你母亲说呢?"过了片刻冴子问道。

"要不就说流产了吧!"

"你连我怀孕都没通知,事到如今能那样说吗?"

"反正我不孝顺也不是现在才开始的嘛!"

冴子默然无语,把睡眠不足似的眼睛转到院子里的向阳处。然后,她开始磕磕巴巴地回溯在结婚登记后由俊一领着只去过一次的婆家的情景。

"途中经过了好几座岛屿呢！"

"那里是天涯海角啊！"

"山茶花开得真漂亮！"

"这会儿正是山樱花开放的时候。"

"真是个好地方呀！"

"去看看吗？"

"真想去呢！"冴子像是在嘟囔着实现不了的愿望。

"等年度末的工作告一段落就去看看吧！"像是为了不让模棱两可的计划漂走而向海中抛下船锚，他提出了回乡的日期，"冴子和我和那孩子，咱三人一起去！"

在会面的茶馆里，阿泉已经先到。俊一向她打了声招呼。

"我姐的情况怎么样？"阿泉抬起无精打采的面孔问道。

"嗯，还算可以吧！"俊一这边倒是尽量说得轻松爽快,"要想完全恢复原先的状态,恐怕还得过一段时间呢!"

"是吗?⋯⋯"对方垂下了双眼。

阿泉用已然成为人格一部分的语气,反复地讲述与以前相同的自责话语。要是自己不向姐姐委托这件事就好了——好像她只有这一点懊悔怎么都过不去一样。那种坚决忏悔到底的语气,似乎还透着些怨恨。俊一耳朵听着对方诉说,心里却在想:都是些毫无意义的车轱辘话。他又试着站在对方的角度想:也许现在自责和悔悟就是她存在的依据。

"这次的事情谁都没有过错!"俊一像在做总结,"甚至连医生都说原因不明嘛!"

他觉得自己劝慰的语调变得漫不经心起来,并苦不堪言地想:要是说到责任的话,我也推脱不掉!听任即将临盆的女人每晚徘徊街头,还曾有过几次性生活。会不会影响到肚子里的孩子——这个念头确曾掠过自己的脑际。而这个念头似乎也曾关联到那个远在天边的、朦朦胧胧的堕胎企图。但是,自己之所以没有为此产生像阿泉那般明确的悔悟之心,是不是因为还怀有通过胎儿之死得以回避什么的念头?

不知从何时开始,阿泉压低嗓音说起她那口子的事情:"敏夫炒股赔得很惨,据说损失额之大,即使把以前赚的全都吐出来都难以抵补。"那会是多大的数额呢?对于股市行情知之甚少的俊一无从推算。他觉得此时说些不得要领的安慰话和忠告,或许反倒会像是往伤口上撒盐。于是,他只好耐心地陪伴对方,聆听诉说。

阿泉说起从去年年底到今年的一件事情:"敏夫曾收到某通信公司有关技术开发的信息,说有一个尚未公开的项目。如果该项目得以实现的话,向该通信公司投资的控股公司就会获取高额利润,业绩也会提高。敏夫就从那家控股公司收购了大笔股份,好像打算在股价飙升时抛出以赚取差额利润。结果,那家控股公司的股价不仅没有上涨,反倒以近于抛售的势头暴跌。于是,怀疑所谓技术开发项目可能是谣传的风言风语不胫而走。不过,也有风言风语说,那些风言风语本身可能就是谣传。"

"我听他说这事儿时,也搞不清楚来龙去脉。不过,我听说近来由于电脑网络的普及,各种真真假假的信息满天飞,所以股价也就跟着忽涨忽跌。"

俊一没能产生恻隐之心。但虽说如此,倒也不至于为此而幸灾乐祸。

"到头来,这次这事儿怎么说呢?"阿泉用既非自问亦非自答的口气说道,"都怪我一个人瞎折腾,给姐姐姐夫添了那么大的麻烦,还什么都没得到啊!那个人到底在想什么呢?我一直搞不明白。可能他脑袋里只有股票。也许他那样做是为了逃避什么。我总觉得,他好像把对我也很重要的事情用治疗不孕症或别的什么事情偷梁换柱了。本来应该再好好商量商量,两人携手共渡难关。"

俊一开始觉得是时候该撤了,可阿泉却慢慢抬起头来。

"连碰都不愿意碰啊!"阿泉似乎有些空虚地说道,"自从我做了手术之后,他就一直……我又不是完全不行了。"

阿泉最后几分哽咽地说了些交给对方猜测似的

话语。俊一想：没有必要劝解，也没有必要流露出动摇的神情。最重要的是不能心怀怜悯——他严格地告诫自己。然后,他用了断一切的语调搪塞对方。

"唉,什么事情都可能发生啊！"

阿泉抬头望着俊一,眼睛里似乎在一瞬之间透出怨恨的神色。但是,她立刻缓和了目光,表情蒙上一层既非疲惫亦非倦怠的雾霭。

"现在,那个人离家出走了。"停了片刻,她又像与己无关似的推测将来的结局,"我觉得大概会分手。"

俊一心中突然产生令他颇感费解的疑问：所谓夫妻是什么？对于夫妻来说孩子又是什么？男人与女人相逢之后养育孩子,而孩子作为父母亲的分身,又是他们融合的有形结晶,并作为独立存在的实体在此世间享受人生。夫妻对自己的孩子毫不吝惜地倾注爱情,并通过分享这种爱情来构筑更加牢固的纽带。那种夫妻和家庭的状态对他来说,简直就像是镜花水月。可以说,没有任何一件事情能够按照理想和计划顺利完成。而且,就连"命运"和"宿命"这样的词语，也都不具有直接关联人的幸福与不幸的意义。接受某种因果所安排的境遇，在自己的空间里勉强挣扎着生活下去，至少不要自我厌恶。是不是应该这样认为：小小的幸福就像细微的褶皱一样编织在这种反复当中。

"我们也打算过些日子就离开这里搬到老家去住。"

俊一信口开河地冒出这样一句意外的话。哪里会有这种计划呢？简直是近乎心血来潮的胡言乱语。自己直到刚才都不曾想过这种事，可一旦说出口来，却感到这个主意倒也不坏。

"你可以来玩儿！"俊一像玩弄虚构似的说道。

"你想在老家干什么呢？"对方的语调很平淡。

"你是问工作吗？"

"到了姐夫这个年龄就不好找工作了吧？特别是在乡下。"

"暂时先过一段清闲日子呗！"说话之间，他真的动了这份心思。

"真好啊！"

"阿泉也可以索取一大笔补偿金,然后去外国待一段时间。"

俊一仍用轻松谈论别人事情的语调信口开河,然后把一本存折放在餐桌上推向阿泉。阿泉拿起来哗啦啦地翻了一遍又放回餐桌,脸上布满了天真疑惑的神情。

"你收下吧!"俊一把提款卡也掏出来说道。

"我不可能收下呀!"阿泉用退缩的嗓音说道。

"为什么呢?"

"什么'为什么'?……"

两人对视片刻,然后几乎在同时移开了视线。

"你要是不收下的话,那可就难办啦!"

"为什么呢?"

阿泉露出像是出了丑的表情转过脸来,两人对视着笑了起来。在笑意自然而然消失殆尽时,俊一用毫无笑意的嗓音开了口。

"先前我放弃了要孩子的念头。但是,当我回过神儿来,却发现自己已经变成了失去孩子的父亲。"他停顿了一下,把视线投向远方某处彷徨飘移,"我和冴子都打算今后作为失去孩子的夫妻生存下去呢!"

阿泉慢慢地呼出屏住的气息。

"我不仅失去了子宫还失去了孩子,这回又要失去老公了。感觉好像再也没有什么可以失去了。"说着,阿泉做出破涕为笑似的怪相。

进入四月之后,俊一依然没能安排好回乡探亲的时间。虽然也能零打碎敲地请上一两天假,但在这个时期却很难申请到大块的休假时间,恐怕还是得等到盂兰盆节休小长假了。他向冴子讲明了这些情况。而当自己一旦现实性地考虑回乡探亲时,却先感到烦恼不堪。四平八稳的日常生活就随他这种优柔寡断的心情恢复如初了。

即使在缺少大起大落的单调日子里,也免不了会发生琐碎的事件。某天早上醒来,俊一感到靠里边的牙齿有些钝痛。他用舌尖舔了舔,牙床肿胀并发热。他不屑一顾地以为这顶多就是暂时性的症状而已,并照常做完了工作。可是,当他回到家里坐在餐桌前时,牙疼却越发剧烈连饭都吃不好了。他后悔下班回家时没有顺路去看牙科,但现在这个时间已经无法可想了。他直接灌了几口纯威士忌酒,早早铺好被褥就睡下了。谁知还没到半夜,他就疼得躺不住了。他正在厨房里翻药箱,冴子也起来了。

"怎么啦?"

"有没有止疼药啊?"

"哪儿疼呀?"

"牙疼!"

药箱里只有冴子治痛经的止疼药,虽然搞不清药效如何,但他鲁莽地断定这也属于止疼药,便暂先用水把药送进肚里。

"你不去看牙科怎么行呢?"回到被窝里,冴子嗔怪似的说道。

"明天就去嘛!"俊一的语调像是有些怄气。

"突然疼起来的吗?"

"突然就疼起来了呀!"

"一点儿征兆都没有?"

"哦,可不是嘛!"俊一不胜其烦似的说道,"不过，好长时间没牙疼啦！自从在上大学的时候拔掉智齿之后，我就再也没去过牙科。"

"年纪大了呗！"冴子与其说是在劝慰，不如说是直截了当地叫俊一断了依依不舍的念头。俊一也感到像是接到最后通牒：你必须放弃！

"虫牙跟年纪有关系吗？"

"那可能有吧！"

"冴子也得多注意哦！"

"我们家族牙都很好。"

"家族跟虫牙才没关系呢！"

"那怎么会呢？"冴子固执的语调咄咄逼人，"听说虫牙有一半都是遗传的呢！"

"真的吗？"

"真的呀！电视节目里讲过嘛！"

"这样说来，我小时候还曾经在半夜里牙疼过呢！"俊一若无其事地转换了话题，"我妈看着不忍心，就给我虫牙洞里塞了正露丸。那滋味太难受啦！还不如忍一忍牙疼呢！"

交谈中止，两人都凝眸仰望着天花板上的

暗影。

"还疼吗?"冴子问道。

停顿了片刻,她似乎在窥探口腔内部。

"啊,不,不疼。"

"讨厌!"冴子嗔怪似的说道,"是不是痛经药起作用啦?"

但是,第二天早上刚一起来,牙疼立刻复发了。俊一害怕继续疼下去,于是就着红茶加倍服用了冴子的痛经药。不管怎样他先去公司上班,并从公司打电话预约了附近的牙科诊所。运气还算不错,他预约到当天傍晚六点钟就诊。时至中午牙疼更加剧烈,疼得他坐立不安。他后悔不已,真该跟医生多说几句好话,约在上午就诊才是。到了下午五点钟,俊一迫不及待地从公司里冲出来,提前半个小时坐在了候诊室里。

医生先给他拍了整个颌面的 X 光片。俊一精疲力竭地叫苦不迭:"这时候还那么四平八稳干什么哟!"根据向他展示照片的医生所讲,龋齿的侵蚀早已深深穿透了牙釉质,并已殃及支撑牙体的颌骨。虽然需要实施较为简单的手术，但必须等到消除炎症之后。今天先要做消毒处理，还会开些止疼药，以后每隔两三天来诊所一次。听医生说正式治疗要在一个星期后进行，俊一就感到疗程之迂远简直无法望到尽头。

回到家里，冴子已经煮好大米粥等着。除此之外，她好像还精心烹制了几道适合牙病患者食用的菜肴。俊一赶紧去厨房，服下了从医院开来的止疼药，然后向冴子说明了今后的治疗计划。

"医生说，先得把牙床上的肉剥离开，然后把里面清理干净。"俊一满不在乎似的说道。

"那得多疼啊！"冴子像嘴里含着酸东西一样皱着眉头。

"不管疼还是怎么样，我都想赶快把牙疼治好。在做治疗前还得跑几趟医院，这才烦人呢！"

"那有什么办法呀？谁叫你以前不把牙疼当回事儿啊！"

"你说的也是。"俊一满脸无法释然的表情，"医生还说，最坏的结果就是必须把病牙拔掉。"

"拔掉之后怎么办呢?"

"大概得做镶牙吧?"

冴子颇感滑稽似的笑了。

"镶牙有那么好笑吗?"

不知是因为止疼药奏效还是得益于在医院消了毒,当天夜里牙没有再疼。隔了一天之后,谨小慎微的俊一老老实实地去医院做消毒处理。医生说:"过度劳累和睡眠不足对牙齿健康都有损害。特别是精神压力,更会加剧牙骨的侵蚀。"虽然他想回到家就赶快告诉冴子,但转念又想那样会给她加重心理负担,便打消了这个念头。

此时已经到了行道树绿意盎然的季节。俊一的牙疼一直没有复发,这个话题也就渐渐淡出了日常生活。在牙疼趋缓之后,旺盛的食欲又卷土重来,睡眠也恢复到平稳状态。在风和日丽的时节,夫妻俩又开始商讨拖延已久的回乡探亲计划。

俊一常常想起病逝的松尾先生,并根据坂口所讲内容任意发挥想象故人临终时的情景:无论从生存的方向还是从死亡的方向,松尾都被逼得走投无路,时间的流动发生了阻滞。以前流动的时间,就像发生硬化和梗死的血管中的血液般沉淀滞留,然后又像肿瘤般凝固,既无法溶解也无法粉碎。当人在前途和退路都被停滞的时间封堵之后,总会有些想法吧?他是不是想到了置身于自由自在时光中的童年,抑或天天都感到置身于停滞不前的时光而深陷于痛苦之中呢?

在浑身冒汗的初夏,结束了一天的工作之后,俊一在最近的车站下了车。他突然心有所动,双脚就走向商业街尽头的公园。眼下已临近一年当中白昼最长的时节,虽然已过傍晚六点钟,可太阳依然停留在房檐上方。看似好不容易才在贫瘠土地上扎了根的榉树林,朝天空伸展的枝头缀满了繁茂的绿叶。虽然每棵树似乎都那么稚嫩而柔弱,但稍稍向远处望去,间隔紧密的幼树梢叶片在西斜阳光照耀下银光闪闪,已经显露出杂树林郁郁葱葱的态势。

在刚刚进入公园的地方,有片由一人高树篱围绕的广场。微透红色的阳光宛如轻薄的霞霭向四面八方散射，一个男子身披光环伫立在那里。在他那伫立的身影中，有一种比时间流逝更加缓慢的动作。那缓慢的动作仿佛溶化在空间中，若不凝眸细看就很难察觉，简直就像正在冥想般静谧的动作。那一连串动作或许具有诱导内心意念的功能，却感觉不到故意做作或主观意志的征候。可能是因为霞光掠过林梢从背后映射过来，在他脸膛落下了雕痕深刻的阴影。在渺茫扩展的时间和空间中，男子既像漫无边际地消失又像时刻存在地伫立在那里。

俊一想：此处不可久留！他觉得自己来到了不该来的地方，看到了不该看的景物。他屏息吞声地向外走去，心里又开始想象松尾临终时的情状：他坐在病房椅子上通往最后一刻的姿态，像剪影般清晰地浮现在渐渐发白的窗户背景中。他是不是确曾处于某种与其相类似的谋划当中，而且是不是想在无人知晓、无人觉察之际渡往彼岸呢？向着超越了生死境界的彼岸，向着毫不掺杂秽物的纯净彼岸。

俊一开始思索存在于一个人精神世界中的无

限内涵。他听说过一种由古代中国人创编的锻炼方法,他就以这种方法为依据,在冥想当中将有限的内涵向无限的空间扩展。打破肉体形态和思维限制,将有形之物导向无形的行云流水,向那里融入自身意识并与之融合协调。此方之某物与彼方之某物相遇,无明与光明延伸出两根细丝,两者微微相触结成焦点,神之永远与魂之现在擦边叠合,将自己带向不知究竟是永远还是虚无的、一切差异相互融合的光明空间。

这些本来都是毫无根据的想象,但是他能想象得到。他觉得,如果确实如此的话则再好不过。为什么会发生那样的事情呢?就因为能想象到它会发生吗?这是因为,与自己与他人都明显毫无关联的死亡,已把人类从本质上确定为不属于任何人的自由的存在。可以说,人类的自由是通过构成自我核心的死亡来保障的。但是,不属于任何别人的自我却在投生此世的同时,开始寻找某个特定的人,并将与其他同样投生此世的人,在约定了永久离别的有限世界上生存。人们用自己的手将原本被赋予的自由加以限定，做出了类似拘禁的举动。人的生存意义似乎就隐藏在这种不合理当中。如果把生存的价值看成自由的话，那么这种生存恐怕就跟死亡没有区别了。俊一还想到，所谓人类，或许就是一种想在被解脱至死亡这种终极自由之前，超越自由地在既似有限、亦似无限的时间中生存的生物。

公园里已没有流浪汉们的身影。在看不到他们的时候，街道上的公园似乎变成了另一个空间。俊一怀着被排挤在外的心情，走在开始昏暗下来的公园里。不知是不是光线的特殊角度使然，排列着滑梯和秋千等玩具的角落，总有一块暮色姗姗来迟的地方，只有那里依然充溢着别样世界的光明。孤独的光明透出寂寥浸染了乡愁的色调，凝眸注视良久，便会感到那里似乎连通着某个空间。

正在这时，俊一仿佛听到来自远方的呼唤，随即想起冴子所喜欢的和泉紫式部的诗作：病榻孤冷衣带宽，残命无多今生短。只为来世长相忆，切盼与君再缠绵……这确实是不同凡响的表现方式。若按普通的读法，"残命无多"应该关联到后面的"今生",但如果从"长相忆"一词反向读解的话,"来世"的句节就会突显出来(和歌俳句无标点,有时上下句会偶然形成修饰关系)。因此,这首诗既可解释为通过上句的十七音节,一口气跨越今生与来世,也可以解释为将这两者连接起来一气呵成。而俊一却觉得,这首诗似乎是在吟咏,总有一天会被解脱至广阔无垠空间的两个人在此世相逢的不可思议。这种不可思议的感觉,不就是这个国度的人们怀着哀切的心思,把带来既属偶然、亦属必然的相逢与离别称作"物哀"的情感吗?

为什么人要追求美好的事物、崇高的事物、高不可攀的事物呢?即使不知道那个事物的真相是什么,却仍然确信自己具备感受的器量。这又是为什么呢?俊一还这样想:创造美好的事物、感受崇高的事物、企求高不可攀的事物的能力,对于只能在此世殚精竭虑地生存于刹那间的相逢之中的人来说,是不是就像从"此世之外"带来的恩宠呢?而且,那些事物还遥遥依稀地昭示着我们以前从哪里来、将要回哪里去。而在回归的空间中所追溯的、有关"今生"的记忆,又是什么样的东西呢?对于我的记忆、对于冴子的记忆……俊一净想些类似在刻度线上找出虚数位置这种无法把捉的事情。

第二十章

两人出发这天风和日丽。他们乘坐出租车来到车站,离发车时刻还有近一个小时。为了消磨时间,他们去与车站相连的商厦土特产专柜边逛边购物。冴子买了点心、盒饭、茶叶、罐装啤酒、下酒小食品等。因为想到什么就买什么,所以不知不觉双手都被购物袋占满。这些东西列车上都有嘛。俊一看着大包小包唉声叹气,而冴子却说列车上的售货车巡回太慢,她讨厌坐在那里干等。

"想要的东西就得放在手边,不然的话我不放心。"

"那可是病态呀!"俊一用无所谓的语调说道。

"是啊,是病态啊!"冴子也平心静气地予以认同。

由于现在是工作日的上午,所以两人不慌不忙地找到了座位。他们把双人座椅转向列车前进的方向，冴子坐在挨着车窗的座位上。俊一把暂时不用的包裹放到行李架上，心情就变得像在暑假里跟家人外出旅游的孩子一样。因为出发前没吃早饭，两人都感到肚子很饿。虽然离午饭还有相当长时间，但两人早早地就打开了盒饭。

"拼装盒饭感觉真是琳琅满目啊！"冴子笨拙地解开盒饭包裹并说出一句不言自明的话，"形形色色的菜码一样放一点儿，我特别喜欢这种盒饭。"

冴子用筷子尖捏起那形形色色的东西送进嘴里。她在那色彩斑斓的加工食品、煮豆及烤鱼之中挑挑拣拣的动作，没有丝毫的犹豫和迟疑。

"我祖母就特别喜欢这种列车盒饭之类的食品，"俊一打岔似的说道，"有时候坐火车外出短途旅行，家里人就叫她自带盒饭。可她却说买列车盒饭吃是自己的一大乐趣，每次都断然拒绝。即使是在最后住院治病时，我们也常常买好列车盒饭给她带去，她总是显得格外高兴。在她拒绝这类慰劳品之后，就没再活多长时间。"

车窗外一直都是经过掘毁农田、劈山填沟建起的住宅,真是大煞风景。两人的对话也不知何时黯然中断,只是默默地动筷子吃饭。

过了一阵,吃完盒饭的冴子目不斜视地自言自语道:"啊,太好吃啦!我觉得好长时间都没吃过这样美味可口的饭菜了。"

正在喝瓶装茶水的俊一故意似的压低了嗓音。

"你别用那么大的声音说话嘛!周围人听到了,都会猜想咱们平时在家净吃什么东西呢!"

俊一偷眼看着一丝不苟地把空盒重新包好的冴子,就像见面不久的伙伴似的,把无声的叩问收藏在心中。对这么乏味难吃的盒饭居然如此欢欣鼓舞!你以前过的是什么日子呢?

"我想喝咖啡啦!"

"过一会儿售货车就来啦!"

但是,售货车左等右等就是不来。等到售货车好不容易来到他们座位跟前时,他们却已经不想喝咖啡了。

他们经过港湾地区刚刚建好不久的购物中心旁边,在既没有海腥味,也没有燃油味,像机场候机楼一样的码头登上开往列岛的渡轮,已是正午过后了。与新建港口设施形成鲜明对照,渡轮却是老朽不堪,油漆剥落的船体锈迹斑斑。在空调冷气过强的二等客舱里,地板上铺着刺眼的深红色地毯。乘客们已经脱掉鞋子,占据了各自的领地。地板上还摆着表面坑坑洼洼的金属盆,可能是为因风大浪高船体剧烈摇晃而呕秽时准备的。因为乘客较少,所以还能借到一块淡蓝色毛毯躺下休息。过了一阵,舱内喇叭响起起航的广播声,地声轰鸣般的引擎震动随即传遍整个船舱了。

在乘客当中,老年人和穿工作服的男人们的身影特别抢眼,看样子是岛上的老人团队集体乘船。透过蒙着白雾的舷窗玻璃,可以看到正在建造的豪华客轮的白色船体。此外还有船尾朝向航道停泊的巨型油轮。渡轮穿过连接两岸的长长斜拉式吊桥,驶出港湾。

"大海在闪光!"冴子眯缝着眼睛说道。

老年人团体分成几个小组各自围坐一圈，然后取出盒饭和点心热热闹闹地谈笑风生，还时不时地放声大笑。身穿工作服的男人们抓紧时间把上船前买好的盒饭划拉到嘴里狼吞虎咽，再喝上一罐啤酒就原地躺下，开始阅览漫画书籍和周刊杂志。又过了一阵，舱内开始响起仿佛剥下黏泥巴似的阵阵鼾声。两人把耳朵交给周围的喧噪声，盖好毛毯闭上了眼睛。

迷迷糊糊地睡了一阵之后，俊一醒了过来，只见周围的乘客也几乎全都坐起身来，浑身裹着盗汗一般的无聊，呆呆地望着图像欠佳的电视机画面。岛上还有活儿等着的男人们，睡眼蒙眬的脸上无精打采，已经浮现出疲劳的阴影。俊一看看表，渡轮起航后才过了一个小时左右。

俊一取出乘船前心血来潮顺路在商店里买的花牌，向从未玩过的冴子讲解了一番规则。在交替抽牌之间，冴子就很快地掌握了要领，几乎与俊一势均力敌。在两人交换了七八回"亲"与"子"的位置之后，坐在附近的两个货车司机模样的小伙子来搭话了。因为看到他俩玩得挺有意思，于是他们也想试试，问能不能把花牌借给他们玩玩。俊一两人已经玩够了，便欣然把花牌交给了他们。

　　两个小伙子面对面地盘腿坐下，中间放上叠成方块的毛毯。然后，其中一人动作娴熟地洗好牌，便开始发出"噼噼啪啪"的爽快响声抽牌了。两人相互定睛对视一动不动，并且始终一声不吭，只有花牌在他们手中弹响。在他们相互盯视的目光中，渐渐地露出了钝重的神情。当玩到第五个回合并决出胜负后，输牌的一方便从胸前衣袋里掏出所携现金，数了几张一千日元的钞票递给对方。而接过钞票的男子又把钞票全部塞还给对方，并板着面孔命令对方去买些啤酒和下酒小食品。在搭档趿上拖鞋走出船舱后，这个男子一边道谢，一边把花牌还给了俊一。然后，他就缓和了刚才凝视的目光，像发呆似的望着舷窗那边。

　　过了一阵，那个输牌的男子捧着一大堆啤酒和下酒小食品返回客舱。赢牌的人接过吃喝的东西，随即用不由分说的动作把啤酒递给俊一他们，俊一便随手递给冴子一罐啤酒。那个输牌男子也粗鲁地撕开小食品包装袋给他们吃。

"大姐,你们这是要去哪儿啊?"赢牌的男子问道。

冴子困惑地望着俊一,于是他代替冴子答话。

"那可是相当远哟!"男子呷了一口啤酒说道,"还得转乘别的渡轮,半夜才能到达。"

"那里是他老家。"冴子说道。

"原来是回乡探亲呀!真羡慕你们啊!"

"你们要去哪儿呢?"冴子这回毫不胆怯地反问道。

男子说出了渡轮将要停靠的岛屿名称。

"我们在运送汽油呢!"男子不问自答地解释道,"我们在给这一带的岛屿运送汽油。所以,这边岛上的汽油要比别处稍稍贵点儿。不过,也就贵上一两日元而已。那是因为我们用这样方式运送汽油啊!"

客舱内响起渡轮最先停靠岛屿的广播通知。俊一催促冴子来到甲板上观望。太阳已经开始偏西,所有景物都隐隐约约地带上了红色。岸壁上生长的树木迫近在眼前。聚集在狭小土地上的民居出乎意料地崭新，屋顶盖着色彩鲜艳的青瓦和黄瓦。村落的中心是渔业协会经营的超市，门前就是渡轮停泊和起航的码头。

渡轮卸下货物和少数乘客之后，在缆绳尚未完全解开之间就开始驶离岸壁了。螺旋桨推进器搅起的旋涡带起海底沉沙，将海水变成了茶色。在船体投下的暗影与太阳照射所形成的光带之间，水中翻腾的颗颗沙粒都在熠熠闪烁。冴子探出身子细细地观看。不久，渡轮驶入深水海域，并渐渐加快了速度。

"好爽呀！"冴子已经陶醉在眼前的景色之中。然后，她又在拂面的海风中怯生生地喃喃自语，"与你相逢真是三生有幸！"

俊一假装没有听见，只顾摆弄照相机。

"笑一个！"

冴子面朝镜头方向露出羞涩的笑容。在她天真无邪的笑容开始绽放时，俊一摁下了快门。然后，两人默默无语地望着船头劈波斩浪向前行驶的情景。就在此时,俊一冷不丁地把话题引向出乎意料的方向。

"不过,你不是想逃避我吗?"

这时,冴子用天真无邪的语调说:"因为我可以把你当成陌生人啦!"

"那现在怎么样呢?"

"现在你已经认识某个人了。"

"谁呀?"

"我一直在寻找的人嘛!"

虽然这应该是他所希望得到的回答,却又产生了几分被敷衍打岔的感觉。

"不管怎么说,就算是你帮我找到了吧!"

渡轮后方那座岛屿已经远去变小。远方的天空和海面全都霞雾迷蒙,溶化在乳白色的光亮之中。

过了一阵,冴子用似乎已经习惯沉默的语调说:"你可不要忘记呀!"

俊一转过脸来望着冴子。

冴子捕捉到俊一的视线,用听似虚幻的嗓音补充道："你永远不要忘记，曾经有过一个寻找你的我啊！"

当渡轮驶抵列岛中那座最大的岛屿时，漫长的夏日白昼也已临近黄昏了。转乘据称将在午后七点钟离港的小渡轮，到俊一母亲生活的那座小岛还有一个多小时航程。到达那里应该是在晚上九点钟左右。

"咱们先吃点儿什么吧！"俊一指着设在好像被边缘化的候船室角落里的食堂说道。

出人意料的是那家食堂里人满为患，都是等待乘船上岛的人们。六七位先到的客人正在谈笑风生，看不出丝毫旅途劳顿的神情。他们有的在吸溜乌冬面条，有的在喝啤酒。冴子耗费多时从品种匮乏的菜单中选出的餐食是咖喱米饭，俊一也同样要了咖喱米饭。食堂由一对五十岁上下的夫妻打理，端水订餐的是男主人，女主人专管在厨房里炒菜做饭。

俊一喝了一口杯中水，耳朵却在聆听稍远处餐桌旁的老年人交谈。一位老人说："近来所有的海水都已被污染。每年暑假在孙子们回来的时候，都得带着他们去更远的海湾游泳。如此说来，好像有些地方的海水浴场今年就要封闭停业了……"那种口音毫无疑问都是母亲生活的土地上的方言。他怀着既感到亲切又感到难为情的心理聆听，又想向冴子讲述岛上的事情了。

"这座岛的尽头有一片名叫'马伏'的土地，"俊一开始自说自话，"就是牛马的'马'，伏卧的'伏'。大概是因地形而得名吧！那里生活特别不方便，连岛民们都很少去。虽然那里也通电通水，却没有公共汽车之类的交通工具。当我听到这个情况时，就想无论如何都要去看看。我叫来了出租车，对司机说去'马伏'。司机满脸狐疑地问我：'先生，你去那种地方干什么呀？'据那位司机说，连他自己都好多年没去过那里了。"

冴子津津有味地侧耳聆听。

"那里确实只有勉强能通过一台汽车的窄路，"俊一继续讲道，"要想跟迎面开来的汽车错车，那肯定会相当困难。其实，那里本来就几乎不会出现对开的汽车。因此大家都觉得对面没车，就放心地加快速度。而且，即使到了视野极差的弯道也不减速。这样一来，危险性就更大了。这都是司机告诉我的。在道路旁边还保留着过去的隐居基督徒坟墓呢！再向前走就是悬崖绝壁了。我在那九十九道弯的盘山路上上下下时想：这种地方还会有人住吗？"

俊一讲到这里，心中对曾一度目睹过的、拒人于千里之外的荒凉情景产生了黏稠得难以化解的哀伤之情。

"驶下最后的长长坡道，果不其然正前方耸立着一座形似伏马的小石山。从那山脚到半山腰，坐落着四五所民居。虽然那时还是夏末时节，可海面却已呈现出暗灰的颜色。我从车上下来，没想到海风那么强烈。凛冽的海风阵阵掠过一簇簇生长在石山上的灌木丛。我想：那些人住在多么荒凉的地方呀！"

"人在那样的地方居然也能生活下去呀！"他又补充道。

冴子没有直接应答。

"我也真想去看看呢!"

他们要的咖喱温乎乎的,米饭也水不啦叽的,但即便如此,俊一还是一口气就干掉了半盘。看来他真是饿坏了。而冴子却从盘子这端开始,半勺半勺地舀起饭菜送进嘴里,缓慢而一丝不苟地重复同样的动作。俊一心想:你还跟那会儿一样。我在公寓房间里给你热咖喱卤吃的时候,你就像丝毫感觉不到别人的视线一样,令人心疼、不忍目睹地把蘸了咖喱卤的面包片送进嘴里。

"你怎么啦?"停下手来的冴子微微歪头望着俊一。

"没怎么呀!"俊一故意装出不高兴的样子说道,随即继续吃剩下的咖喱米饭。

俊一想起了某个情景:冴子正在面朝后院的廊檐下吹泡泡。从吹管前端吹出的泡泡中,有一个泡泡飞得格外高,越过树篱飞向邻居家屋顶。冴子的眼睛紧紧地追踪着聚集了时近黄昏的光线的泡泡,而俊一就从庭院的角落里望着她。过了不久,冴子察觉到他的视线转过头来。她微微歪头，但并没有躲开视线。当他正要尴尬地向她投去笑容时，她又衔着蘸了溶液的吹管，嘬着嘴唇朝空中吹出许多小泡泡来。他伸出双手追逐那些发光的泡泡，可是由薄膜形成的球体表面发出更强烈的光辉，把依依不舍的感觉留在地面，向更高的空中飘升而去……这是那会儿发生的事情。那是在什么时候，他已经难以清晰地回溯。记忆既像梦幻，又像不断移动的阳光投下的云影。

"我之所以喜欢吃咖喱米饭吧，"冴子紧追不舍似的向俊一表白，"是因为俊一最初让我吃的就是咖喱。那次吃的咖喱真是美味无比。"

俊一心中充满了哀伤。他拿起桌上的餐巾纸，把好几张餐巾纸叠在一起递给冴子，然后粗鲁地说："你把咖喱汁都抹到脸上啦！"

图书在版编目（CIP）数据

行到船停处/(日)片山恭一著；侯为译. —青岛：青岛出版社，2020.4
　　ISBN 978-7-5552-8810-7

Ⅰ.①行… Ⅱ.①片… ②侯… Ⅲ.①长篇小说–日本–现代 Ⅳ.①I313.45

中国版本图书馆CIP数据核字（2020）第006684号

FUNADOMARI MADE
by Kyoichi KATAYAMA
© 2009 Kyoichi KATAYAMA
All rights reserved.
Original Japanese edition published by SHOGAKUKAN,
Chinese (in simplified characters) translation rights in China (excluding Hong Kong, Macao and Taiwan) arranged with SHOGAKUKAN through Shanghai Viz Communication Inc.

山东省版权局著作权合同登记号 图字：15-2013-314号

书　名	行到船停处（青鸟文库）
著　者	[日]片山恭一
译　者	侯　为
出版发行	青岛出版社
社　址	青岛市海尔路182号（266061）
本社网址	http://www.qdpub.com
邮购电话	13335059110　68068026
责任编辑	杨成舜　霍芳芳
封面设计	胡椒书衣
照　排	青岛新华出版照排有限公司
印　刷	青岛双星华信印刷有限公司
出版日期	2020年4月第1版　2020年4月第1次印刷
开　本	32开（710 mm×1000 mm）
印　张	10.5
印　数	1–5000
字　数	140千
书　号	ISBN 978-7-5552-8810-7
定　价	20.00元

编校印装质量、盗版监督服务电话　4006532017　0532-68068638

本书建议陈列类别：日本 / 文学 / 畅销